ALEXANDRA BLECHSCHMIED

ICH,
DIE ANDERE

Thriller

Alexandra Blechschmied

ICH, DIE ANDERE

Psychologischer Thriller

Impressum

Bibliografische Information der Deutschen Nationalbibliothek: Die Deutsche Nationalbibliothek verzeichnet diese Publikation in der Deutschen Nationalbibliografie; detaillierte bibliografische Daten sind im Internet über http://dnb.dnb.de abrufbar.

Die automatisierte Analyse des Werkes, um daraus Informationen insbesondere über Muster, Trends und Korrelationen gemäß §44b UrhG („Text und Data Mining") zu gewinnen, ist untersagt.

Lektorat: Lektorat Büchersinne
Korrektorat: Lektorat Büchersinne
Weitere Mitwirkende: J.B. Blossum - Cover mit Canva Elementen

Verlag: BoD · Books on Demand GmbH, Überseering 33, 22297 Hamburg, bod@bod.de

Druck: Libri Plureos GmbH, Friedensallee 273, 22763 Hamburg

ISBN: 978-3-8192-0964-2

Inhaltsverzeichnis

I

– Rückkehr in ein fremdes Leben

Jana Winter blieb stehen. Der silbergraue Schlüssel ruhte schwer in ihrer Hand, als sie zum ersten Mal seit zwei Wochen wieder vor ihrer Haustür stand. Der Abend war mild, fast träge. Der Wind strich ihr sanft durchs Haar und brachte den salzigen Duft des kretischen Meeres mit sich – ein Duft, der sich hartnäckig in ihre Kleidung eingebrannt hatte. Wie eine Erinnerung, die sich nicht abschütteln ließ.

Zwei Wochen hatte sie sich zurückgezogen. Zwei Wochen ohne Termine, ohne Gespräche, ohne Verpflichtungen. Endlich hatte sie geschlafen. Gelesen. Ihre Gedanken sortiert. Die Tage am Strand verbracht, barfuß, schweigend, ganz bei sich. Sie hatte wieder zu sich selbst gefunden.

Und jetzt … war sie bereit für ihr altes Leben. Oder zumindest glaubte sie das.

Ein Lächeln huschte über ihre Lippen, als sie an ihre abgewetzte Couch dachte. An ihren Kaffeevollautomaten, der morgens ein vertrautes Brummen von sich gab. An die dicke Wolldecke, unter der sie sich im Winter gerne vergrub.

Zuhause.

Sie griff nach dem Schlüssel, schob ihn ins Schloss – und spürte sofort den Widerstand. Er klemmte. Verwundert versuchte sie es noch einmal. Ein leichtes Ruckeln, dann Stillstand.

Was zum …?

Sie zog ihn wieder heraus, betrachtete ihn stirnrunzelnd. Es war eindeutig der richtige. Der, den sie seit Jahren benutzte. Der sich fast schon blind ins Schloss führen ließ. Jana versuchte es ein drittes Mal. Nichts. Kein Einrasten, kein Klicken.

Ein flüchtiges Ziehen durchzuckte ihren Magen. Nicht schmerzhaft, aber seltsam unangenehm. Eine Stimme in ihrem Kopf, leise, flackernd wie ein vergessenes Licht: *„Du bist zu lange weg gewesen."*

Unsinn. Sie lachte leise auf, versuchte, sich selbst zu beruhigen. Wahrscheinlich war das Schloss schwergängig. Oder der Nachbar hatte wieder irgendetwas reparieren lassen, ohne sie zu informieren. In alten Häusern passierten solche Dinge ständig.

Trotzdem trat sie einen Schritt zurück, sah nach oben. Die Haustür war unverändert: hellgrau gestrichen, mit den kleinen Absplitterungen am unteren Rand. Darüber die dunkelblaue Markise, schon leicht ausgebleicht. Das Efeu, das sich wie jedes Jahr ein Stück weiter vorgewagt hatte. Und das Namensschild.

„J. Winter."

Sie blinzelte. Immer noch da. Immer noch ihres.

Sie zögerte. Dann klingelte sie.

Ein paar Sekunden vergingen. Dann hörte sie Schritte – leise, gezielt. Die Tür öffnete sich langsam.

Und vor ihr stand … eine Frau. Etwa in ihrem Alter. Glattes, dunkles Haar, akkurat ins Gesicht gelegt. Ein cremefarbener Kaschmirpullover, dezent parfümiert. Der Ausdruck in ihren Augen war ruhig. Wach. Und merkwürdig distanziert.

„Kann ich Ihnen helfen?", fragte die Frau freundlich. Ihre Stimme war weich. Fast zu weich.

Jana öffnete den Mund. Keine Worte.

Dann, leise: „Ich … wohne hier."

Ein kaum merkliches Zucken ging durch das fremde Gesicht. Die Frau hob eine perfekt gezupfte Augenbraue.

„Wohl kaum. Ich bin Jana Winter."

Stille.

Die Worte wirkten wie ein Faustschlag. Nicht wuchtig, sondern langsam. Wie in Zeitlupe. Jana spürte, wie sich alles in ihr veränderte. Der Griff ihres Koffers glitt aus ihrer Hand. Ihre Finger begannen zu zittern. Ein kurzer Moment der Orientierungslosigkeit.

„Das … das bin ich", flüsterte sie.

Die Fremde lächelte. Aber nicht auf die Art, wie man einen Irrtum aufklärt. Es war ein kühles, überhebliches Lächeln. Berechnend.

„Dann haben Sie sich wohl geirrt. Schönen Abend noch."

Mit einem kaum hörbaren Klicken fiel die Tür ins Schloss.

Jana blieb stehen.

Eine Minute. Zwei. Vielleicht auch zehn.

Der Wind fuhr durch die Bäume, irgendwo summte ein Fahrrad vorbei. Alles war wie immer – und doch war nichts mehr, wie es gewesen war.

Sie starrte die Tür an. Ihre Tür. Ihr Zuhause. Und trotzdem: verschlossen. Fremdbesetzt.

Der Koffer lag auf der Seite. Irgendwann bückte sie sich, hob ihn auf. Ihre Hände waren klamm. Fast hätte sie den Griff erneut verloren.

Was war das gewesen?

Ein Scherz? Ein Irrtum? Hatte sie geträumt?

Sie kannte niemanden mit ihrem Namen. Schon gar nicht jemanden, der in ihrer Wohnung lebte. Oder mit ihrem Ausweis.

Sie griff nach ihrem Handy. Die Polizei. Natürlich.

Die Stimme am anderen Ende war sachlich, freundlich. Jana schilderte alles. Dass jemand in ihrer Wohnung lebte. In ihrer Wohnung. Mit ihrem Namen. Dass sie nicht verrückt sei.

Zehn Minuten später bog ein Streifenwagen um die Ecke. Zwei Beamte stiegen aus. Beide um die vierzig. Der eine gedrungen, mit wettergegerbtem Gesicht, der andere etwas größer, stiller.

„Frau Winter?", fragte der kleinere der beiden.

„Ja", sagte sie sofort. „Ich bin Jana Winter. Also … ich glaube …"

Ein kurzer Blickwechsel zwischen den Männern.

„Dann zeigen Sie uns bitte, wo Sie wohnen."

Sie nickte, führte sie zur Tür, klingelte. Wieder hörte sie Schritte. Wieder öffnete sich die Tür.

Diesmal trug die Frau Jeans und Pullover. Aber sie war erneut makellos. Wie jemand, der sich selbst als perfekte Version einer Person sah.

„Schon wieder Sie?", fragte sie, diesmal mit einem leichten Anflug von Ungeduld. Dann an die Beamten: „Diese Frau behauptet, ich sei nicht ich."

Der größere der Polizisten trat vor. „Könnten wir bitte Ihre Ausweisdokumente sehen, Frau … Winter?"

Die Fremde nickte, verschwand kurz und kehrte mit einem Personalausweis zurück.

Jana erstarrte.

Es war ihr Ausweis. Ihr Foto. Ihr Name. Ihr Geburtsdatum. Und doch … war es nicht sie, die ihn hielt.

„Woher haben Sie den?!", rief sie. „Das ist meiner!"

Die Frau sah sie lange an. Nicht feindselig. Nicht ängstlich. Sondern … überlegen. Berechnend. Vielleicht sogar mitleidig.

„Ich denke, diese Dame braucht Hilfe", sagte sie sanft. „Vielleicht einen Arzt?"

Der kleinere Beamte musterte Jana. Lange. Dann, vorsichtig: „Haben Sie jemanden, den wir kontaktieren können? Angehörige? Einen Arzt, der …"

„Ich bin nicht verrückt!", schrie sie. „Sie lebt mein Leben! Das ist meine Wohnung, mein Name, mein Ausweis!"

Aber ihre Stimme war zu laut. Zu schrill. Sie hörte es selbst.

Der Beamte zog sie behutsam zur Seite. Sprach ruhig auf sie ein. Sagte etwas, das sie nicht mehr verstand. Jana schüttelte den Kopf. Wieder und wieder.

Was war geschehen?

Wie hatte sie alles verloren – in einem einzigen Moment?

Eine Stunde später saß sie in einem Hotelzimmer. Das Bett war zu weiß. Der Tee in ihren Händen zu bitter.

Ihr Laptop – offline.
Ihre E-Mail-Adresse – gesperrt.
Die Kreditkarte – abgelehnt.
Bankkonto – Zugriff verweigert.
Sie war noch dieselbe. Und doch: alles, was sie ausgemacht hatte, war verschwunden.
Kein Name. Keine Wohnung. Keine Identität.
Und niemand glaubte ihr.

Jana saß auf dem Bordstein gegenüber ihres Hauses. Neben ihr stand der Rollkoffer – ein stummer Zeuge ihrer Rückkehr –, während die Dämmerung langsam die Straße verschluckte. Sie fror. Nicht, weil es kalt war. Sondern weil etwas in ihr gefroren war. Etwas, das sie für unerschütterlich gehalten hatte: die Realität.

Ihr Zuhause existierte. Sie sah es. Doch eine Fremde lebte darin. Eine Frau, die ihren Namen trug. Ihren Ausweis besaß. Ihre Stimme imitierte – und ihr Leben beanspruchte. Und alle glaubten ihr.

Jana zog ihr Handy hervor. Schlechter Empfang. Das WLAN, das sich sonst automatisch verband, war verschwunden – oder gesperrt. Sie versuchte, sich in ihr E-Mail-Konto einzuloggen. Falsches Passwort. Passwort zurücksetzen? Sicherheitsfrage: *Wie hieß Ihr erster Hund?* Die Antwort stimmte nicht mehr. Drei Versuche später wurde das Konto gesperrt.

„Du bist paranoid", flüsterte sie. „Nur übermüdet. Jetlag. Ein Missverständnis. Morgen sieht alles anders aus."

Aber sie glaubte es nicht. Nicht mehr. Sie war zu klar. Zu wach. Und zu erschüttert.

Eine Push-Nachricht erschien auf dem Display: Warnung vor Identitätsbetrug: Immer mehr Fälle in deutschen Großstädten.

Das konnte kein Zufall sein. Oder war sie schon dabei, Muster zu erkennen, wo keine waren?

Ein Taxi bog um die Ecke. Sie hob den Arm. Es hielt. Der Fahrer sah sie durch den Rückspiegel an.

„Wohin?"

Jana zögerte. Sie hatte keine Adresse mehr. Kein Ziel. Kein Zuhause.

„Irgendein Hotel. Möglichst nah. Und nicht zu teuer."

Das Hotel war ein grauer Klotz aus den 90ern, die Teppichböden rochen nach kaltem Rauch. An der Rezeption fragte die junge Frau nach einem Ausweis. Jana reichte ihren Führerschein – wenigstens den hatte sie noch. Noch.

Der Check-in funktionierte. Zimmer 304. Einzelzimmer. Ohne Frühstück.

Sie schloss die Tür ab, ließ sich aufs Bett sinken und starrte an die Decke. Ihre Gedanken kreisten.

Wer war diese Frau? Wie kam sie an ihre Daten? Wie hatte sie die Nachbarn, die Polizei – sogar Annika – überzeugt?

Jana griff zum Handy, suchte Annika in der Kontaktliste und wählte.

„Hallo?"

„Annika. Ich bin's. Jana."

Stille.

Dann: „Wer?"

„Jana. Jana Winter."

„Das ist nicht witzig. Ich weiß nicht, wer du bist, aber ich werde dich melden, wenn du das noch einmal versuchst."

„Annika, bitte. Hör doch einfach meine Stimme. Du warst meine Trauzeugin!"

„Frau Winter ist seit gestern zurück aus dem Urlaub. Und ich weiß sehr genau, wer sie ist – und wer nicht."

Das Gespräch endete. Jana starrte auf das Display. Ihre Kehle war trocken. Die Finger zitterten.

Sie versuchte es bei ihrem Chef. Keine Reaktion. E-Mail-Adresse nicht mehr bekannt. Mailbox gesperrt.

Dann vibrierte das Handy.

Anonyme Nachricht: *Such nicht weiter. Du bist raus.*

Am nächsten Morgen klingelte das Handy erneut. Unbekannte Nummer. Jana zögerte, dann nahm sie ab.

„Frau Winter?" Eine männliche Stimme, ruhig, fast freundlich.

„Ja?", flüsterte sie.

„Hauptkommissar Finke. Wir würden Sie gern heute um 15 Uhr im Präsidium sprechen – zur Klärung Ihrer Angaben gestern Abend."

Jana nickte, obwohl niemand es sah.

„Ich komme."

Das Polizeipräsidium war ein grauer Bau aus Beton und Glas. Die Flure rochen nach Aktenstaub und Desinfektionsmittel. Jana wartete in einem Raum mit einem Wasserspender, der in unregelmäßigen Abständen gurgelte. Eine Uhr tickte – langsam, tückisch.

Finke kam herein. Groß. Graue Schläfen. Müde Augen. Neben ihm ein jüngerer Kollege – Krüger. Wacher Blick. Misstrauisch.

„Frau Winter, wir haben Ihre Aussage aufgenommen. Doch es gibt Unstimmigkeiten."

„Die Frau in meiner Wohnung lebt unter meinem Namen!"

Finke schob ihr eine Akte hin.

„Diese Frau besitzt alle erforderlichen Dokumente. Sie wurde mehrfach amtlich überprüft. Ihre Daten stimmen. Die Unterschrift ist identisch. Ihre Krankenkassennummer existiert seit Jahren. Es gibt keinen Hinweis auf Fälschung."

„Weil sie mich ersetzt hat! Sie hat mich systematisch gelöscht!"

Krüger verschränkte die Arme.

„Gab es in der Vergangenheit psychische Auffälligkeiten?"

„Ich hatte vor drei Jahren einen Burnout. Ich war zur Kur. Aber das hier hat damit nichts zu tun."

Finke sah sie aufmerksam an.

„Gibt es Familienangehörige, die Ihre Identität bestätigen könnten?"

„Meine Mutter. Aber sie … sie hat beginnende Demenz."

Die beiden Männer tauschten einen Blick.

„Wir behalten Ihre Meldung im Auge. Aber ohne Beweise …"

„Ich werde sie finden", sagte Jana leise. „Ich werde euch zeigen, wer ich bin."

Später saß sie im Hotelzimmer. In einer Ecke. Die Knie angezogen, den Laptop auf dem Schoß. Sie begann zu schreiben.

Alles.

Ihre Kindheit. Ihre Adresse. Den Namen ihres ersten Haustiers. Den Duft des Parfüms, das ihr Vater ihrer Mutter jedes Weihnachten schenkte. Jedes Detail. Jedes Fragment.

Sie speicherte die Datei unter dem Titel:
Ich bin Jana Winter.

Und sie wusste:
Der Kampf hatte gerade erst begonnen.

Kapitel 3 – Freunde die keine mehr sind

Jana war früh wach. Der Lärm der Müllabfuhr draußen – das metallische Klirren der Glascontainer, das schrille Piepen eines rückwärtsfahrenden Wagens – hallte unangenehm in ihrem Kopf.
Sie hatte kaum geschlafen. Immer wieder drängten sich Bilder in ihr Gedächtnis: die Frau an ihrer Tür, die skeptischen Polizisten, Annikas Stimme – kalt und fremd.

Sie hatte gehofft, der Schlaf würde Klarheit bringen. Stattdessen war da nur ein Gedanke, der wie ein glühender Dorn in ihrer Brust saß:
Ich bin allein.
Nach einer kalten Dusche und zwei Tassen Instantkaffee – das Hotel bot weder Automaten noch Atmosphäre – packte sie ihren Laptop ein und machte sich auf den Weg.
Warten war keine Option. Heute würde sie handeln. Menschen konfrontieren, die sie kannten. Die sie erinnern mussten.
Der erste auf ihrer Liste: Micha.
Langjähriger Kollege. Beinahe-Freund. Manchmal Vertrauter, manchmal Nervensäge. Wenn jemand sie nicht vergessen konnte, dann er.

Der Bürokomplex wirkte wie eine Karikatur seiner selbst: Glasfront, Sicherheitssystem, Drehtür im stoischen Rhythmus, als hätte sich nichts verändert.
Der Pförtner saß hinter einer Glaswand, vertieft in sein Tablet, warf ihr einen routinierten Blick zu.

Jana trat ein. Die Lobby war kühl, steril. Marmorfliesen, künstliche Pflanzen, das konstante Summen der Klimaanlage. Alles sah aus wie immer. Und war doch vollkommen anders.

„Guten Morgen. Ich möchte zu Micha Lohner. Zweiter Stock, Vertrieb", sagte sie.

„Name?" Der Pförtner hob den Blick.

„Jana Winter."

Er musterte sie. Dann tippte er auf seinem Bildschirm herum. Sein Ausdruck veränderte sich kaum.

„Tut mir leid. Sie stehen nicht auf der Besucherliste."

„Ich arbeite hier. Also – ich habe hier gearbeitet. Ich bin gerade aus dem Urlaub zurück. Zwei Wochen."

Der Mann runzelte leicht die Stirn.

„Frau Winter ist bereits im Büro", sagte er dann. Ohne jede Ironie.

Jana blinzelte. „Wie bitte?"

„Sie ist heute Morgen um 8:06 Uhr durch die Drehtür gegangen."

„Nein. Ich bin Frau Winter. Da muss ein Fehler vorliegen."

Er schien sie genauer zu betrachten, als würde er abschätzen, ob sie scherzte, psychisch labil war oder einfach nur fehl am Platz. Dann griff er zum Telefon, sprach leise, legte wieder auf.

„Herr Lohner kommt gleich herunter."

Sie trat zurück. Lehnte sich an eine Säule. Ihre Hände waren eiskalt.

In ihrem Kopf rauschte es.

Was, wenn sie ihn auch manipuliert hat?

Was, wenn sogar Micha …?

Aber nein. Micha war kein Mitläufer. Eigensinnig, oft unbequem, aber nicht beeinflussbar.

Oder?

Wenig später öffneten sich die Fahrstuhltüren. Micha trat heraus – zerzaustes Haar, zu enger Anzug, ein Coffee-to-go in der Hand. So wie sie ihn kannte.

Als er sie sah, blieb er stehen.

„Jana?"

„Micha." Erleichterung flutete sie. „Gott sei Dank. Endlich jemand, der mich erkennt."

Er kam näher. Langsam. Sein Blick vorsichtig, tastend.

„Du … ich dachte, du wärst …"

„Was?"

„Weggezogen. Oder … krank. Man hat gesagt, du seist in einer Klinik. Dass du keine Kontakte mehr willst."

„Wer hat das gesagt?"

„Na … du."

Jana schüttelte den Kopf. „Das war nicht ich. Jemand gibt sich als mich aus. Sie lebt in meiner Wohnung. Hat meinen Ausweis. Arbeitet hier!"

Micha rieb sich die Stirn. „Jana, das klingt … das ist verrückt."

„Bitte. Denk nach. Was macht sie anders?"

„Sie ist wie du. Vielleicht etwas ruhiger. Professioneller."

Professioneller? Jana spürte, wie ihre Stimme an Schärfe gewann.

„Ich war nie unprofessionell."

„Ich meinte das nicht böse. Es ist nur … sie wirkt überzeugend."

„Micha, bitte. Ich habe nichts mehr. Keine Wohnung, kein Konto. Ich brauche deine Hilfe."

Er wich einen Schritt zurück.

„Ich weiß nicht, ob ich dir glauben kann."

„Du kennst mich!"

„Ich *kannte* dich. Aber das hier ... das ist nicht mehr die Jana, die ich kannte."

Sie ging. Ohne sich umzudrehen.

Draußen sog sie die kalte Luft ein, so tief sie konnte. Ihre Beine zitterten. Die Straße vor ihr verschwamm. Nicht vom Regen. Von der Erkenntnis.

Micha zweifelt an mir.

Vielleicht nicht an ihrer Existenz, aber an ihrer Wahrheit.

Ein Uber brachte sie in ein kleines Café am Stadtrand. Sie kannte es von früher – ein Ort, an dem man sich zum Schreiben, Lesen oder für heimliche Dates traf.

Jetzt war sie allein.

Sie bestellte einen Tee, ließ ihn unangerührt und klappte den Laptop auf. Er war ihr letzter Besitz. Ihr letzter Beweis, dass sie wirklich war.

Sie schrieb eine Liste.

Namen. Kontakte. Menschen aus ihrem alten Leben. Jeder Name ein Strohhalm.

Sie begann zu telefonieren.

Lea, ihre frühere Mitbewohnerin: besetzt, dann ausgeschaltet.

Jule, aus dem Yogakurs: „Diese Nummer ist nicht vergeben."

Frau Dr. Reichen, ihre Hausärztin: „Frau Winter hat die Praxis gewechselt", sagte die Assistentin.

Sie. Nicht Jana.

Sie starrte auf den Bildschirm. Ihr Google-Kalender war leer. Kein Eintrag, kein Hinweis. Die Cloud – leer. Ihr Online-Banking – Konto nicht gefunden. Selbst ihr Instagram-Account zeigte nur: *Profil existiert nicht.*

Ein ganzes digitales Leben – *ausradiert.*

Als die Sonne unterging, saß Jana auf einer Parkbank. Die Kälte kroch durch ihre Jeans. Auf dem Spielplatz rief ein kleiner Junge nach seiner Mutter. Ein Moment aus einer anderen Welt.

In ihrer Jackentasche spürte sie das Handy. Noch ein Kontakt.

Ein Name, den sie sich selbst verboten hatte.

Ben. Er brannte wie ein alter Schmerz.

Aber auch wie ein Funke Hoffnung.

Sie wählte.

Freizeichen.

Dann: „Ja?"

Sie zögerte.

„Ben ... ich bin's."

Stille.

Dann:

„Jana?"

„Ja. Ich weiß, ich sollte mich nicht melden. Aber ich brauche Hilfe."

„Was ist passiert?"

Und sie begann zu erzählen.

Er ließ sie reden. Keine Unterbrechung. Keine Vorwürfe. Nur ein gelegentliches, leises „Ich bin hier."

Als sie fertig war, war es dunkel.

„Du glaubst mir nicht, oder?", fragte sie leise.

„Ich weiß nicht, was ich glauben soll", sagte er. „Aber ich weiß, wie du klingst, wenn du verzweifelt bist. Und das hier ... das bist du."

„Ich habe niemanden mehr, Ben."

„Dann hast du jetzt mich."

Kapitel 4 – Jobverlust

Die Nacht im Hotel war kurz. Jana wälzte sich stundenlang hin und her, während draußen der Regen gegen das Fenster schlug. Immer wieder spielten sich Szenen vor ihrem inneren Auge ab: wie der Pförtner sie nicht erkannte, wie Micha sie ansah, als wäre sie eine Fremde, wie Annika sie abwies, wie diese Frau ihre Identität in Besitz genommen hatte – mit erschreckender Leichtigkeit.

Gegen vier Uhr morgens hielt sie es nicht mehr aus. Sie stand auf, duschte sich kalt, zog sich an und trat auf die verregneten Straßen hinaus. Der Nebel hing schwer zwischen den Häuserschluchten. Die Stadt schlief noch. Doch Jana war hellwach – und bereit, zurückzuholen, was ihr gehörte.

Sie nahm sich ein Taxi. Ziel: ihre alte Arbeitsstelle. Diesmal wollte sie nicht höflich bitten. Sie würde ihre Wahrheit einfordern.

Um Punkt sechs Uhr betrat sie das Foyer. Der Pförtner war derselbe wie am Vortag, doch heute begegnete er ihr mit einer Mischung aus Misstrauen und nervöser Höflichkeit. Vielleicht hatte Micha gesprochen. Vielleicht war ihr Name bereits durch das Haus gegangen – als Warnung.

„Ich muss zu Frau Kaltenbach. Jetzt sofort."

„Die Geschäftsführerin kommt normalerweise erst gegen halb neun …"

„Dann warte ich."

Der Mann zögerte, dann nickte er.

Jana setzte sich in eine der schwarzen Ledercouches in der Lobby. Ihr Herz raste. Wie würde Kaltenbach reagieren? Würde sie sie erkennen? Würde sie etwas wissen?

Stunde um Stunde verging. Angestellte kamen, nickten einander zu, warfen ihr neugierige, verwirrte Blicke zu. Niemand sprach sie an.

Kurz nach halb neun öffnete sich der Fahrstuhl. Jana erkannte die hochgewachsene Frau mit dem kastigen Blazer und der Kurzhaarfrisur sofort. Kristina Kaltenbach. Ihre frühere Chefin. Streng, aber fair. Immer korrekt.

„Frau Kaltenbach!", rief Jana und sprang auf.

Die Frau blieb stehen. Ihre Miene verriet keine Regung.

„Frau …?"

„Winter! Jana Winter. Ich habe drei Jahre für Sie gearbeitet!"

Ein Zögern. Dann: „Frau Winter arbeitet in meinem Team. Und ich erkenne Sie nicht."

„Kristina, bitte … ich war Ihre persönliche Assistentin. Ich habe Ihre Präsentationen geschrieben, Ihre Termine organisiert. Ich war bei Ihrem letzten Geburtstag dabei, als Sie zu viel Weißwein hatten und … und von Ihrem Mann geschwärmt haben!"

Ein Zucken in Kaltenbachs Mundwinkel.

„Ich weiß nicht, was Sie hier wollen. Aber ich werde das juristisch prüfen lassen."

„Bitte. Nur fünf Minuten. Ich kann es beweisen."

„Nein. Was Sie da versuchen, ist Rufschädigung. Und Hausfriedensbruch."

Kaltenbach wandte sich an den Pförtner. „Sicherheitsdienst."

Zwei Männer in schwarzen Uniformen traten heran.

„Bitte begleiten Sie diese Frau hinaus. Dauerhaftes Zutrittsverbot."

Jana spürte, wie ihr Körper sich verkrampfte. „Ich werde Sie anzeigen! Ich werde—"

Die Männer packten sie sanft, aber bestimmt. Sie ließ sich nicht fallen, hielt den Kopf oben, aber ihre Wangen brannten.

Draußen stand sie wieder im Regen. Nasser als zuvor. Nichts hatte sie gewonnen. Nur noch mehr verloren. Ihr Job – weg. Ihre Position – ausgelöscht. Und niemand glaubte ihr.

Doch ein Gedanke blieb. Ein Name.

Elias.

Der Systemadministrator. Ein Nerd mit weichem Herz und schrägem Humor. Sie hatte ihm mal bei einer Kündigungswelle den Rücken gestärkt. Vielleicht … war er ihr letzter Joker.

Jana wartete bis zum Mittag. Dann beobachtete sie das Büro aus einem Café gegenüber. Punkt zwölf Uhr kam Elias heraus – wie immer mit Kopfhörern, schwarzer Softshelljacke, einem Jutebeutel mit „There is no cloud" als Aufdruck.

Sie ging ihm nach. Rief nicht. Sondern holte erst auf, als sie sicher war, dass niemand aus dem Büro sie beobachtete.

„Elias!"

Er zuckte zusammen, drehte sich um.

„Jana? Was … zur Hölle?"

„Du erkennst mich. Gott sei Dank."

„Natürlich. Aber … was machst du hier? Ich dachte, du bist …" Er senkte die Stimme. „… in Behandlung."

„Nein. Das war ich nie. Ich bin verschwunden, weil jemand mein Leben gestohlen hat. Und ich brauche deine Hilfe."

Er blinzelte. „Das klingt wie ein Thriller."

„Ist es auch. Nur dass ich mittendrin stecke."

Sie redeten weiter – in einer ruhigen Ecke im Park. Jana erzählte alles. Von der Frau. Vom Ausweis. Von Kaltenbach. Von Micha.

Elias wirkte verwirrt – aber nicht abweisend.

„Ich könnte versuchen, in dein altes Konto zu kommen. Vielleicht gibt's Spuren."

„Alles – jede Datei, jedes Login – irgendwas, das mich beweist."

„Ich probiere es. Aber ich kann nicht auffallen. Wenn rauskommt, dass ich …"

„Ich verstehe. Sag mir einfach, was du findest."

Er nickte. „Ich melde mich."

Am nächsten Vormittag, gerade als Jana in der Hotellobby einen viel zu bitteren Kaffee zu trinken versuchte, kam eine Nachricht von Elias:

„Ich hab was Seltsames gefunden."

Sie legte die Tasse ab. „Was genau?"

„Es gibt Logins von deinem alten Account – aber aus einer völlig anderen Stadt. Letzten Monat mehrfach aus Leipzig. Und: jemand hat mit deiner Firmenadresse einen Mietvertrag unterschrieben."

„Einen Mietvertrag??"

„Ja. Für ein Loft. Stilvoll. Teuer. Ich hab mir die Adresse auf Google Maps angeschaut – das ist High

Class. Hat dein Lebensstil sich in den letzten Monaten drastisch verändert?"

„Elias ... ich hab das nicht gemacht."

„Ich weiß. Deshalb speichere ich alles. Screenshots, Metadaten. Vielleicht kann man was zurückverfolgen. IP-Adressen. Irgendwas."

„Du bist Gold wert. Wirklich."

„Weißt du, was mir Sorgen macht?"

„Was?"

„Wenn sie schlau ist, hat sie nicht nur deine Daten. Sondern auch ein ganzes Netzwerk um dich herum infiltriert. Wenn dein Ex dich nicht erkannt hat ... was, wenn er Teil des Spiels ist?"

Jana schluckte. „Micha? Niemals."

Aber die Worte fühlten sich nicht mehr so sicher an wie noch vor wenigen Tagen.

Und dann, wie aus dem Nichts, war sie wieder da – die Erinnerung an den Anfang. An das, was einmal war.

Drei Jahre zuvor.

Ein Spätsommerabend. Sie war mit Kolleginnen in einer Bar, übermüdet vom Arbeitsstress. Micha saß in der Ecke, allein, mit einem Bier und einem Buch. Kein Handy, kein Gespräch – nur Stille.

Sie hatte sich zu ihm gesetzt, neugierig.

„Lesen Sie hier öfter allein oder ist das heute ein besonders ungeselliger Tag?"

Er hatte gelächelt.

„Wenn mich jemand anspricht, ist's schon nicht mehr ungesellig."

Stundenlang hatten sie gesprochen. Über Bücher, Musik, das Leben in der Stadt. Am Ende hatte er ihr einen Kassenzettel mit seiner Nummer zugeschoben.

„Wenn du morgen noch an mich denkst, ruf mich an."

Sie hatte ihn angerufen. Und es war der Beginn gewesen – von etwas Echtem.

Jetzt aber … war da nichts mehr übrig. Kein Wiedererkennen. Kein Zweifel. Nur Leere.

Als Jana sich später wieder ins Hotel zurückzog, war sie erschöpft. Aber nicht gebrochen.

Sie wusste jetzt: Da war jemand, der sie erkannte. Und vielleicht war das der erste Riss in Linas Maske.

Und vielleicht … die erste echte Spur.

Kapitel 5 – Die Polizei zweifelt

Der Anruf kam am nächsten Vormittag. Jana hatte die Nacht erneut im Sitzen verbracht, halb aufgerichtet, das Handy auf dem Bauch, als wäre es ein Schutzschild. Draußen klapperte der Zimmerservice. Drinnen war alles still.

„Frau Winter?", sagte die Stimme am anderen Ende. Ruhig. Unaufgeregt. „Hauptkommissar Finke. Wir würden Sie gern noch einmal sprechen. Heute. 14 Uhr."

Jana zögerte. Ihr erster Impuls war Flucht. Aber dann nickte sie – automatisch. „Ich bin da."

Das Präsidium lag in einem wuchtigen Verwaltungsbau. Grauer Putz, viele Fenster, vergilbte Jalousien. Alles sah aus, als hätte es seit den frühen Neunzigern kein Tageslicht gesehen. Jana trat ein, wurde durchgelotst, wieder in dasselbe Büro wie beim ersten Mal.

Finke saß da, mit müder Miene. Neben ihm diesmal ein neuer Kollege: jung, glattrasiert, skeptisch. Jana setzte sich. Ihr Blick wanderte zu einem weißen Ordner auf dem Tisch. Ihr Name prangte auf dem Rücken – in dicken, schwarzen Lettern.

„Sie sagten, Sie wurden ersetzt", begann Finke. „Dass jemand Ihr Leben übernommen hat."

„Ja."

„Und dass niemand Ihnen glaubt."

„Weil sie alles von mir hat. Meine Unterlagen. Meine Stimme. Sogar meine Bewegungen."

„Und Sie vermuten …?"

„Identitätsdiebstahl."

Finke lehnte sich zurück. „Sie haben keine Ausweisdokumente. Keine Kontodaten. Keine eindeutigen Zeugen."

„Ich habe mich. Ich bin die Zeugin."

„Das reicht juristisch nicht."

Jana schluckte. Ihr Blick glitt zum Fenster. Eine Taube flatterte vorbei, schlug gegen das Glas, taumelte ab. Wie sinnbildlich.

„Sie sagten, Sie waren in psychologischer Behandlung?"

„Vor drei Jahren. Burnout. Reha. Danach stabil. Ich habe gearbeitet, gelebt, alles war normal."

„Und danach?"

„Danach kam der Urlaub. Zwei Wochen Kreta. Ich komme zurück – und eine andere lebt mein Leben."

„Niemand hat Sie am Flughafen empfangen?"

„Nein. Ich reise immer allein."

„Und Ihre Mutter?"

„Hat Demenz."

„Freunde?"

„Sie … erkennen mich nicht mehr."

Finke sah sie an. Lange. Dann: „Wir haben die Frau in Ihrer Wohnung überprüft. Ihre Papiere sind gültig. Ihre Stimme stimmt mit Aufzeichnungen überein. Ihre Handschrift mit Unterschriften auf Ihren Verträgen."

„Weil es meine Unterschrift ist. Weil sie mich imitiert."

Der junge Kollege schnaubte leise. Jana wandte sich an ihn.

„Glauben Sie, ich bin verrückt?"

„Ich glaube, Sie sind gefährlich nahe daran, sich zu verlieren."

„Ich habe nichts mehr. Sie hat alles. Ich weiß nicht, wie sie es gemacht hat – aber sie hat es getan."

Finke war still. Dann griff er zum Ordner, schob ihr ein Papier hin. Es war ein Ausdruck ihres letzten Online-Zugriffs auf das Unternehmensnetzwerk.

„Das hier stammt von Ihrem Laptop. Zugriff am Tag Ihrer Rückkehr – aus einem Hotel-WLAN."

„Ja. Ich habe versucht, mich einzuloggen. Zugang verweigert."

„Die IP-Adresse war auf Sie registriert. Aber die Inhalte stimmen nicht mit dem überein, was unsere Ermittler bei der Frau in Ihrer Wohnung gefunden haben."

Jana runzelte die Stirn. „Was heißt das?"

„Dass Ihre digitale Identität manipuliert wurde." Stille.

„Sie glauben mir?", fragte sie leise.

Finke schob den Stuhl zurück. „Ich sage nicht, dass wir glauben. Aber wir zweifeln jetzt auch."

Nach dem Gespräch wurde sie gebeten, einen psychologischen Kurztest zu machen – freiwillig, wie man sagte. Eine Beamtin führte sie in ein separates Zimmer, gab ihr Fragebögen, sprach mit ihr. Jana antwortete ruhig. Detailliert. Klar.

Am Ende sagte die Frau: „Sie wirken gefasst. Aber nicht instabil. Eher wie jemand, der alles beobachtet

– weil er sich nicht mehr sicher ist, ob er Teil davon ist."

„Bin ich auch nicht", sagte Jana. „Nicht mehr."

Draußen regnete es. Jana lief zu Fuß zurück zum Hotel. In ihrem Kopf drehte sich alles: Stimmen, Bilder, Fragen. Aber inmitten des Chaos war auch ein Funken Hoffnung. Vielleicht ... würde jemand endlich zuhören.

Im Hotelzimmer angekommen, sah sie, dass Elias geschrieben hatte.

Hab was gefunden. Alte Protokolle. Einloggen von einer Adresse, die dir nicht gehört. Ich schick dir Screenshots.

Jana antwortete nur: *Du bist ein Held.*

Dann lehnte sie sich zurück.

Vielleicht war das der Anfang. Der Anfang davon, sich selbst zurückzuerobern

Der Klinikflur roch nach Desinfektionsmittel, leicht metallisch, mit einem Hauch von Lavendel – ein gescheiterter Versuch, Sterilität zu kaschieren. Jana saß auf einem schmalen Stuhl, gegenüber einer geschlossenen Tür. Ihre Finger trommelten unbewusst auf der Lehne. Sie war müde. Nicht körperlich – mental. Erschöpft vom Erklären, vom Kämpfen, vom Überzeugen. Von sich selbst.

Die Einladung zum Gespräch hatte sie am Vorabend erhalten – ein offizielles Schreiben von der *Psychosozialen Beratungsstelle für Identitäts- und Realitätskonflikte.* Allein die Bezeichnung klang wie aus einem dystopischen Roman. Doch Hauptkommissar Finke hatte es angedeutet: Ein psychologisches Gutachten könnte ihr helfen. Oder sie ruinieren.

Die Tür öffnete sich leise. Eine Frau in dunkelgrüner Bluse trat heraus. Mitte vierzig, kurzes Haar, wachsame Augen.

„Frau Winter? Ich bin Dr. Maren Bach. Bitte kommen Sie herein."

Der Raum war heller als erwartet. Das Fenster gab den Blick auf einen stillen Innenhof frei, in dem ein einzelner Ahornbaum stand. Auf dem Tisch standen zwei Gläser Wasser. Keine Akten. Kein Laptop. Keine Barriere.

„Wir sprechen frei", sagte Dr. Bach und deutete auf den Stuhl gegenüber.

Jana setzte sich. Sie spürte die Härte der Lehne im Rücken. Das gleichmäßige Ticken einer Wanduhr.

„Wie geht es Ihnen?", begann die Psychologin.

„Müde."

„Was für eine Art Müdigkeit?"

Jana zögerte. „Die Art, die nicht mit Schlaf vergeht."

Dr. Bach nickte. „Erzählen Sie mir, warum Sie hier sind."

Jana atmete durch. Und dann sprach sie. Über die Rückkehr. Die Frau an der Tür. Die Polizei. Die Freunde. Micha. Die andere Jana. Und darüber, wie es ist, wenn die Realität bröckelt – nicht, weil man sie verliert, sondern weil sie einem genommen wird.

Dr. Bach schrieb nicht mit. Sie hörte einfach nur zu. Bewegte kaum eine Miene. Nur das leichte Nicken, die minimale Veränderung ihrer Haltung, zeigte, dass sie zuhörte – und verstand.

„Wie sicher sind Sie, dass Sie Jana Winter sind?", fragte sie schließlich.

„So sicher, wie man nur sein kann. Ich kenne meine Erinnerungen, meine Entscheidungen, mein Leben. Ich erinnere mich an den ersten Kuss, an den Hund meiner Kindheit, an das Gedicht, das ich mit zwölf geschrieben habe, weil ich dachte, ich sei verliebt. Ich erinnere mich an alles."

„Und doch erkennt Sie niemand."

„Weil sie besser geplant hat. Weil sie vorbereitet war. Vielleicht auch, weil sie …, weil sie das besser kann als ich."

„Was besser?"

„Mich."

Es war still. Draußen fuhr ein Auto vorbei, das Fenster vibrierte kurz vom dumpfen Klang eines Basses. Dann wieder Stille.

„Was glauben Sie – was hat diese Frau davon, Ihr Leben zu übernehmen?"

„Sicherheit. Anerkennung. Ein Leben, das funktioniert."

„Und Sie glauben, sie hat es gezielt getan?"

„Ja."

„Könnte es auch sein, dass sie glaubt, Sie seien die Eindringliche?"

Jana hielt inne. Diese Möglichkeit hatte sie verdrängt. Weil sie Angst machte.

„Vielleicht", sagte sie schließlich. „Aber dann ist sie genauso überzeugt wie ich. Und das … macht es gefährlich."

Dr. Bach ließ das im Raum stehen. Kein Nachhaken, kein Urteil. Nur ein weiteres Nicken.

„Gab es in letzter Zeit Erinnerungslücken? Zeiträume, die Ihnen fehlen?"

„Nein." Jana schüttelte den Kopf. „Aber ich habe das Gefühl, jemand beobachtet mich. Schon seit Wochen."

„Wie äußert sich das?"

„Details. Plötzlich verschobene Gegenstände. Merkwürdige Blicke. Ein Schatten an der Wand, wenn keiner da sein sollte. Ich weiß, wie das klingt."

„Wie klingt es für Sie selbst?"

„Paranoid."

„Oder vorsichtig."

Das Gespräch dehnte sich aus. Sie sprachen über ihre Kindheit. Die abwesende Mutter. Den Vater, der viel arbeitete. Über Vertrauen. Über Verlust. Jana erzählte von der Zeit in der Reha, von dem Gefühl, endlich wieder Boden unter den Füßen zu haben. Und davon, wie es sich anfühlte, wenn dieser Boden plötzlich wegsackte.

„Haben Sie je daran gezweifelt, dass das, was Sie erleben, wirklich ist?", fragte Dr. Bach gegen Ende.

Jana antwortete nicht sofort. Dann: „Ja. Aber nur nachts. Wenn alles still ist. Dann frage ich mich, ob ich nur geträumt habe, wer ich bin."

„Das tun viele. Die meisten. Aber Sie scheinen sehr wach."

„Wach sein reicht nicht. Ich muss beweisen, dass ich real bin."

„Das sind Sie. Zumindest hier, in diesem Moment."

Gegen Ende des Gesprächs wechselte Dr. Bach den Ton. Weniger analytisch, persönlicher. Sie sprach von Fällen, in denen Menschen ihre Identität neu erfinden mussten – freiwillig oder unfreiwillig. Von Grenzen, die verschwimmen können. Und von Wahrheiten, die keine Beweise brauchen, um trotzdem zu existieren.

„Ich schreibe kein abschließendes Gutachten. Noch nicht", sagte sie, als Jana sich erhob. „Aber mein Eindruck ist: Sie leiden nicht unter Wahnvorstellungen. Was Sie erleben, scheint real – zumindest innerhalb Ihrer kognitiven Wahrnehmung."

„Was heißt das in normal?"

„Dass ich Ihnen glaube. Und dass es wahrscheinlich jemand geschafft hat, Ihr Leben zu übernehmen – systematisch."

Jana fühlte, wie sich Tränen in ihren Augen sammelten. Nicht aus Schwäche. Aus Erleichterung.

„Was mache ich jetzt?", flüsterte sie.

„Suchen Sie die Verbindung. Die Lücke. Es gibt immer einen Fehler."

Draußen war es inzwischen dunkel. Der Himmel hing schwer über der Stadt, tiefgrau, feucht. Jana trat hinaus auf die Straße, das Schreiben von Dr. Bach in der Tasche. Ein kurzes Gutachten. Kein offizielles Urteil. Aber eine erste Stimme, die sagte: *Du bist nicht verrückt.*

Sie lief zu Fuß zurück zum Hotel. Der Weg zog sich. Vorbei an menschenleeren Bushaltestellen, geschlossenen Cafés, einer Kirche, deren Fenster matt glühten. Immer wieder spürte sie ihren Blick über die Schulter wandern. Geräusche wirkten zu laut. Schatten zu lang.

Ob sie verfolgt wurde?

Sie zwang sich, weiterzugehen. Immer einen Schritt nach dem anderen.

Im Hotel angekommen, war alles still. Sie schloss die Tür, lehnte sich dagegen. Nahm das Handy hervor.

Eine Nachricht von Elias blinkte auf dem Display.

Screenshots sind raus. Zugriff aus einem internen Netzwerk – aber mit fremder MAC-Adresse. Jemand hat dich gespiegelt.

Jana starrte auf das Display. Ihr Herz schlug schneller.

Was heißt das?, schrieb sie zurück.

Dass da jemand sehr gut ist. Aber vielleicht nicht gut genug. Ich buddle weiter.

Sie antwortete nur: Danke.

Dann ließ sie sich auf das Bett fallen, das Schreiben von Dr. Bach noch immer in der Hand. Ihr Blick wanderte zur Decke.

Vielleicht war das der Moment, in dem sich etwas drehte. Nicht alles. Noch nicht. Aber ein winziger Bruch in der Fassade. Ein Haarriss in der Geschichte der anderen Frau.

Sie war noch da. Sie selbst. Und sie würde nicht verschwinden.

Nicht kampflos.

Jana zögerte lange, bevor sie die Nummer erneut wählte. Ben. Ein Name, den sie monatelang gemieden hatte. Nicht, weil es Hass zwischen ihnen gegeben hatte – eher das Gegenteil. Zu viel Nähe, zu viel Verletzlichkeit, zu viele unausgesprochene Wahrheiten, die sie beide lieber ignoriert hatten. Ihre Trennung war still gewesen, fast freundlich. Aber endgültig. Zumindest hatte sie das geglaubt.

Jetzt war sie sich über nichts mehr sicher.

Das Telefon klingelte viermal, dann nahm er ab.

„Hallo?" Seine Stimme war tief, doch vorsichtig. Vielleicht überrascht, vielleicht auch einfach zurückhaltend.

„Ben … ich bin's." Jana sprach die Worte aus, als wären sie von einem anderen Leben. Der Klang ihrer eigenen Stimme fühlte sich fremd an.

Stille. Dann: „Jana?" Seine Stimme klang ebenso vorsichtig, aber auch mit einem Hauch von Erstaunen. Es war kein Ärger da, keine Vorwürfe. Nur leises Staunen – vielleicht, weil sie nach so langer Zeit einfach da war, weil sie jetzt wieder da war.

„Ich weiß, es ist spät. Ich weiß, ich sollte nicht anrufen. Aber ich … ich brauche dich."

Ein Atemzug. Kein Zögern diesmal. „Wo bist du?"

Eine Stunde später stand Jana an der Ecke eines Wohnblocks in Prenzlauer Berg. Der Regen hatte aufgehört, aber der Asphalt glänzte noch feucht im spärlichen Licht der Straßenlaternen. Jana trug die Kapuze tief im Gesicht, ihren Blick gesenkt. Die Müdigkeit klebte in ihren Knochen, doch ihr Herz raste. Es war wie ein Zurückkehren zu einer längst vergessenen Welt – und gleichzeitig fühlte sich alles fremd an.

Dann sah sie ihn. Ben. In einer abgetragenen Lederjacke, mit einem Rucksack über der Schulter, dieselbe Art zu gehen wie früher – leicht vorgebeugt, als ob er dem Wind ausweichen wollte, als ob er sich immer auf der Flucht vor der Zeit befand.

Sie traten gleichzeitig aufeinander zu. Kein Wort, kein Lächeln. Nur das Geräusch der Schritte auf dem nassen Asphalt, das ihre Nähe begleitete.

„Du siehst aus wie du", sagte er, als sie vor ihm standen.

„Ich bin ich."

„Ich weiß."

Tränen stiegen Jana in die Augen, aber sie ließ sie nicht fallen. Sie fiel ihm nicht um den Hals. Er zog sie auch nicht an sich. Sie standen einfach da, beide eine gefühlte Ewigkeit in diesem Moment. Und das reichte.

Ben wohnte in einer kleinen Altbauwohnung im dritten Stock. Es war ein wenig chaotisch, aber gemütlich – Bücherstapel auf dem Boden, ein Klavier in der Ecke, eine zerkratzte Küchenarbeitsplatte, die mehr Geschichten erzählt hatte, als es der Raum je fassen konnte. Es roch nach Kaffee, nach frischer Farbe, nach etwas Neuem – und doch fühlte es sich wie immer an. Doch sie war nicht mehr Teil davon.

Und das schmerzte mehr, als sie sich eingestehen wollte.

„Ich weiß nicht, wo ich anfangen soll", sagte Jana, als sie sich auf dem Sofa niederließ. Die Leere in der Luft, die sie umgab, schien jetzt plötzlich greifbar.

„Dann fang in der Mitte an."

Also begann sie zu erzählen. Über den Schlüssel, der nicht passte. Über die Frau in ihrer Wohnung, die in ihrem Leben stand, ohne ein Teil davon zu sein. Über die Freunde, die sie nicht mehr erkannten. Über die Polizei, die nichts taugte. Über die Psychologin, die versuchte, das Unmögliche zu erklären. Über die Klinik, die sie wieder einordnen wollte, in eine Welt, die sie nicht kannte.

Ben hörte zu. Ohne zu unterbrechen. Ohne Fragen zu stellen. Seine Stirn blieb gerunzelt, als versuche er, die Teile zusammenzusetzen. Sein Blick war weich, aber fest. Er verstand, ohne zu urteilen.

Als sie geendet hatte, war es still. Er schwieg lange, dann sagte er einfach: „Du bist nicht verrückt."

„Aber das ist verrückt." Ihre Stimme zitterte. Es war, als müsste sie sich immer wieder versichern, dass es wirklich passiert war, was sie erlebt hatte.

„Ja", sagte er. „Das ist verrückt."

„Also … glaubst du mir?"

„Ich habe nie aufgehört." Seine Stimme war leise, aber entschlossen.

Sie schloss für einen Moment die Augen. Es war eine simple Antwort, doch sie war alles, was sie brauchte. Denn das war es, was Jana am meisten fürchtete – dass niemand ihr glauben würde. Dass sie auf sich selbst zurückgeworfen wäre, ohne Halt, ohne Zeugen.

Sie blieben lange wach. Jana trank Tee, Ben Bier. Es fühlte sich seltsam vertraut an, wie früher. Die Gespräche, das Lachen, die Pause, wenn man sich in den Augen des anderen verlor. Und doch war alles anders. Die Distanz, die das Ende ihrer Beziehung mit sich gebracht hatte – Zweifel, Unsicherheit, der schleichende Abstand nach dem Auseinandergehen – war nun kleiner geworden. Denn das, was Jana erlebt hatte, überlagerte alles, was sie früher zueinander gesagt hatten.

Gegen zwei Uhr sagte Ben: „Ich kann dir helfen."

„Wie?" Es war mehr ein Flüstern als eine Frage. Sie wollte nichts mehr als Hoffnung, und seine Worte waren wie ein zartes Versprechen, das sie sofort ergriff.

„Ich kenne jemanden beim Einwohnermeldeamt. Vielleicht kann ich rausfinden, wann sie sich registriert hat. Ob es da Ungereimtheiten gibt."

Jana konnte kaum atmen. „Das wäre … unglaublich."

„Und ich habe noch deine alten E-Mails. Wir haben damals oft hin und her geschrieben. Vielleicht lässt sich da etwas rekonstruieren. Beweisen, dass du existiert hast."

„Ich existiere", sagte Jana dann leise. Sie schüttelte den Kopf, als wolle sie sich selbst von der Schwere des Satzes befreien. „Aber danke."

Ben nickte nur, ohne ein weiteres Wort zu sagen. Er wusste, dass sie sich selbst beweisen musste, dass sie existierte. Aber er würde ihr beistehen.

Am nächsten Morgen fuhren sie gemeinsam in die Stadt. Ben hatte Termine, sie ließ sich absetzen. Bevor er ging, drehte er sich noch einmal zu ihr um.

„Wir kriegen das hin, Jana."

Sie nickte. Zum ersten Mal seit Tagen glaubte sie daran, dass es möglich war. Dass sie den Kampf nicht allein führen musste.

Am Nachmittag erhielt Jana eine Nachricht von ihm:

Hab mit dem Kollegen gesprochen. Meldeadresse passt nicht. Sie ist erst seit sechs Wochen eingetragen – aber rückdatiert. Sehr verdächtig. Melde mich, sobald ich mehr habe.

Jana starrte auf die Worte, die sie kaum fassen konnte. Da war es – der erste Riss in der Maske. Der erste Beweis, dass etwas faul war. Vielleicht war es nur eine Spur, vielleicht ein Anfang.

Aber sie hatte Ben. Und das war mehr, als sie am Tag zuvor noch gehabt hatte.

Der Anfang einer wachsenden Hoffnung.

Kapitel 8 – Das Foto

Am nächsten Tag betrat Jana zum ersten Mal seit ihrer Rückkehr die Wohnung ihrer Mutter. Das Haus war ein Relikt aus einer anderen Zeit – mit Holzvertäfelung im Flur, verblassten Teppichen und dem vertrauten Geruch aus Lavendel, alten Büchern und dem Hauch vergangener Gespräche. Die Wände schienen die Geschichten aus vergangenen Jahrzehnten zu flüstern, und in jedem Winkel lag eine Erinnerung. Jana spürte die Last der Jahre, die hier verbracht worden waren – das leise Zählen der Tage, die sich aneinanderreihend durch das Leben ihrer Mutter gezogen hatten.

Ihre Mutter lebte inzwischen betreut – in einem kleinen Zimmer in einer Einrichtung am Stadtrand. Die Demenz hatte ihren Alltag zerbröselt, Erinnerungen hatten sich wie Sandkörner im Wind verstreut, und das, was einst klar und präsent war, hatte sich in diffuse Formen aufgelöst. Jana wusste, dass sie nicht mehr viel hatte, das sie hier halten konnte, aber sie war dankbar, dass das Zuhause ihrer Kindheit noch existierte. Es war ein Ort, der sie an ihre Vergangenheit band, der ihr half, die Lücken in ihrer eigenen Erinnerung zu füllen.

Sie wollte nach Spuren suchen. Nach sich selbst. Nach etwas, das sie in dieser verwirrenden Zeit für sich retten konnte.

Die Kommode im Wohnzimmer war alt und schwer, mit geschnitzten Verzierungen, die ihre eigene Geschichte zu erzählen schienen. Sie öffnete die

Schubladen und fand einen Stapel alter Fotoalben. Die Ecken der Alben waren eingerissen, das Plastik war vergilbt, und doch war der Glanz der Bilder immer noch zu spüren. Jana setzte sich auf den Teppich und begann zu blättern. Geburtstagsfeiern. Urlaube. Weihnachten. Momente aus einer Zeit, die sie fast vergessen hatte. Sie erkannte sich selbst auf den Bildern – klein, mit frechem Grinsen, einer Zahnlücke und bunten Zöpfen. Ihre Mutter war auf vielen der Fotos im Hintergrund, ernst, aber mit einer sanften, nachdenklichen Miene.

Dann stockte sie. Ein Foto blieb in ihrer Hand. Es zeigte sie selbst, etwa acht Jahre alt, auf einer Gartenbank, neben sich ein Mädchen, das blonder war als sie und einen ernsten, fast unsichtbaren Ausdruck hatte. Sie war kaum zu erkennen, das Gesicht schattig, unscharf – wie ein geisterhaftes Bild aus ihrer Kindheit. Jana konnte sich nicht erinnern. Nie hatte sie über dieses Mädchen gesprochen. Es stand kein Name auf der Rückseite des Fotos.

Sie blätterte zurück, das Gefühl einer leisen Unruhe in ihr wachsend. Dasselbe Mädchen tauchte auf zwei weiteren Bildern auf. Immer am Rand, fast versteckt. Nie im Mittelpunkt, immer in einer Position, die es schwierig machte, sie genau zu erkennen. Es war ein fast unheimliches Gefühl, als ob das Mädchen nie wirklich ein Teil der Erinnerungen gewesen war – oder vielleicht war sie es doch, und Jana hatte sie schlichtweg verdrängt?

Ein Schauer lief ihr über den Rücken. War sie ihr schon früher begegnet? Hatte sie sie vergessen – oder verdrängt? Es gab keinen klaren Beweis, keine Erklärung. Doch irgendetwas in ihr fühlte sich erschüttert an. Ein leises Kribbeln ging durch ihre Finger, als sie das Foto noch einmal betrachtete.

Jana legte die Bilder beiseite, doch der Gedanke an das Mädchen ließ sie nicht los. Sie fühlte eine seltsame, unerklärliche Verbindung zu diesem Schatten, der in den Bildern auftrat. Ein Teil von ihr wollte weiterforschen, doch sie wusste, dass sie noch nicht bereit war. Nicht jetzt.

Sie suchte weiter. Vielleicht gab es noch mehr Hinweise, noch mehr zu entdecken.

In einer alten Schachtel fand sie schließlich etwas anderes – einen Briefumschlag.

Er war braun, der Rand war abgewetzt, als ob er lange Zeit in einem vergessenen Fach verborgen gewesen war. Kein Absender. Kein Datum. Nur das Versprechen, dass etwas Wichtiges darin steckte.

Vorsichtig öffnete sie den Umschlag und zog ein Blatt Papier heraus. Es war ein handgeschriebener Brief in der Handschrift ihres Vaters. Der Text war abgehackt, die Worte nicht flüssig, sondern eher aufrichtig, mit einer schweren Last von Reue.

„Ich weiß, dass ich Fehler gemacht habe. Aber ich habe versucht, beiden gerecht zu werden. Du warst das Kind mit Zukunft. Sie war das Kind ohne Namen. Ich konnte euch nicht zusammenführen. Deine Mutter wollte es nicht. Es war zu spät."

Janas Hände zitterten, als sie die Worte las. Ihre Kehle war trocken, der Raum um sie herum wurde plötzlich eng, als sich der Satz wie eine Klaue in ihr Gedächtnis krallte. „Sie war das Kind ohne Namen."

Diese Worte, so leicht geschrieben, brannten sich tief in ihre Seele ein.

Jana starrte auf den Brief, unfähig, ihre Gedanken zu ordnen. Ihr Vater hatte nie viel über die Vergangenheit gesprochen. Seine Fehler, die er im Stillen bereute, schienen immer verborgen geblieben zu sein. Doch jetzt, mit diesem Brief, wurde die Wahrheit etwas greifbarer, auch wenn sie noch immer im Nebel lag.

Wer war dieses Mädchen? Warum hatte ihr Vater nie davon gesprochen? Und was hatte er gemeint, als er von dem „Kind ohne Namen" sprach? War es eine andere Schwester? Ein Geheimnis, das für immer im Schatten bleiben sollte?

Jana fühlte, wie ihre Welt ins Wanken geriet. Die Spuren ihrer eigenen Geschichte führten sie in eine Richtung, die sie nicht erwartet hatte. Aber sie war entschlossen, die Wahrheit zu finden – egal, wie tief sie graben musste. Und irgendwie wusste sie, dass sie nicht mehr viel Zeit hatte, um Antworten zu finden.

Sie legte den Brief vorsichtig zurück in den Umschlag und stand auf. Die Antwort, nach der sie suchte, war noch nicht gefunden – aber sie war einen Schritt näher.

Kapitel 9 – Die verlorene Schwester

Der Morgen war trüb, als Jana in die S-Bahn stieg, die sie zu einer unbekannten Endstation brachte. Der Bus brachte sie weiter, in einen Stadtteil, von dem sie nie viel gehört hatte. Ein Ort, der in keiner Weise zu ihrer Welt zu gehören schien – verwahrlost, verlassen, vergessen. Sie warf einen Blick auf die Adresse, die ihr Vater im Brief hinterlassen hatte, und atmete tief durch: „Gartenanlage ,Westwind', Parzelle 14". Der Brief hatte mehr Fragen als Antworten hinterlassen, aber es war der einzige Hinweis, den sie hatte. Vielleicht lag hier das fehlende Puzzleteil, das ihre Geschichte vervollständigen konnte.

Die Schrebergartensiedlung wirkte wie ein Relikt aus einer anderen Zeit. Der Wind spielte mit den kahlen Hecken, und irgendwo klapperte Blech. Der Boden war aufgeweicht, Matsch spritzte bei jedem Schritt, und das knarrende Gartentor gab ein eigenartiges Geräusch von sich, als sie hindurchtrat. Der Anblick der kleinen Holzhütte ließ ihr Herz schneller schlagen. Die grüne Farbe war fast vollständig abgeblättert, und die Fenster waren von einem gelben, verblassten Vorhang verdeckt. Auf der Tür prangten die fast unleserlichen Initialen „H. W." – eine Erinnerung an ihren Vater.

Mit einem Ruck öffnete sie die Tür. Das Holz quietschte, dann gab es nach. Die Luft war feucht und schwer, durchzogen von dem Geruch nach altem Staub und verrottendem Holz. Der Raum war spärlich eingerichtet, mit einem kleinen Tisch, zwei Stühlen und einem alten Sofa. Ein Holzregal stand an der Wand, randvoll mit leeren Gläsern. Doch was Jana am meisten erstaunte, waren die Zeichnungen an den Wänden – zahlreiche Kinderzeichnungen, die sie nicht kannte.

Sie trat näher und betrachtete die Bilder. Es war sofort klar, dass sie nicht von ihr stammten. Eine andere Hand hatte sie gemalt. Die Figuren, die auf den Zeichnungen zu sehen waren, waren immer zwei Mädchen – eines in fröhlichen Farben, mit Zöpfen und einem Lächeln, das andere in grauen Tönen, fast unsichtbar, mit großen Augen, das Gesicht ernst. Mal hielten sie sich an den Händen, mal stand das graue Mädchen abseits, nur ein Schatten, der nie in den Mittelpunkt trat.

Jana fühlte ein Zittern in sich aufsteigen, ein Gefühl, das ihr den Atem nahm. Wer war dieses Mädchen? Sie hatte keine Erinnerung daran, es je gesehen zu haben. Wusste sie von ihr? Hatte sie sie irgendwann vergessen oder verdrängt? Ihre Gedanken schwirrten wild, als sie weitersuchte.

In einer Ecke fand sie schließlich ein altes Schulheft, zerfleddert und vergilbt. Die Einträge darin waren kindlich, fast naiv. Einer fiel ihr besonders auf:

„Heute war er da. Hat mir Bonbons mitgebracht. Hat gesagt, ich darf nicht Jana sagen. Ich darf nur Schwester sagen. Aber ich hab keine Schwester. Oder doch?"

Jana spürte, wie ein kalter Schauer ihren Rücken hinaufkroch. Sie setzte sich auf das Sofa, das unter ihrem Gewicht ächzte, und schloss die Augen. In der Stille, die den Raum umhüllte, fühlte sie etwas Schweres und Unerklärliches – eine Mischung aus Angst und Schuld. War sie es, die das vergessen hatte? Oder hatte jemand ihr das bewusst ausgetrieben?

Sie suchte weiter. In einer alten Metallkiste unter dem Bett fand sie schließlich ein Polaroid. Zwei Mädchen saßen auf einer Bank, sie selbst, lachend, und das andere Mädchen, schmal, blond, mit gesenktem Blick. Es trug Janas alten Pullover, den sie sofort erkannte – hellblau, mit aufgemalten Sonnenblumen.

Auf der Rückseite stand in krakeliger Schrift: „Sie darf ihn behalten. Ich habe ja sonst nichts."

Jana schloss für einen Moment die Augen, die Worte sanken tief in ihr Bewusstsein ein. Es war keine Wut, die sie empfand, kein Neid, sondern ein Gefühl der Sehnsucht. Eine Sehnsucht nach Zugehörigkeit, nach einer Familie, die sie nie richtig gekannt hatte. Nach etwas, das ihr immer vorenthalten worden war. Wie oft war sie hier gewesen, ohne zu wissen, was es bedeutete? Wie oft hatte ihr Vater sie hierhergebracht – ohne Erklärung, ohne Worte? Und warum hatte sie nie gefragt?

Sie durchsuchte die Hütte weiter, als fände sie keine Ruhe. Schließlich stieß sie auf einen vergilbten Brief, handgeschrieben, ohne Datum oder Absender. Nur diese verzweifelten, wütenden Worte:

„Du hast mein Gesicht. Mein Lachen. Meinen Namen. Ich habe nur den Schatten. Nur das Echo. Aber ich werde es mir nehmen. Ich werde du sein. Weil niemand je wollte, dass ich ich bin."

Jana ließ den Brief sinken, ihre Hände zitterten. Ein Gefühl der Verwirrung, des Verlustes, wälzte sich in ihr auf. Die Welt schien sich zu verschieben. Alles, was sie geglaubt hatte zu wissen – über sich, über ihre Familie, über ihre Vergangenheit – zerbrach in diesem Moment. Was, wenn Lina mehr war als nur eine fremde Erinnerung? Was, wenn sie tatsächlich ihre Schwester war?

Draußen hatte es angefangen zu regnen. Große Tropfen fielen auf das Dach der Hütte und prasselten in einem stetigen Rhythmus, der wie ein Countdown klang – als ob die Zeit gegen sie arbeitete.

Jana stand auf. Sie sah sich noch einmal um, dann trat sie hinaus. Sie schloss die Tür hinter sich und trat in den Regen, der sie sofort durchnässte. Sie ging den Weg zurück, immer weiter, als ob sie davonlaufen konnte – vor der Wahrheit, vor der Frage, die ihr so schrecklich erschien: Hatte sie ihre Schwester wirklich vergessen?

Aber diesmal war alles anders. Sie war sich sicher: Es ging nicht mehr nur darum, sich selbst zu finden. Es ging darum, Lina zu finden. Oder das, was von ihr übrig war.

Kapitel 10 - Linas Kindheit (Flashback)

Ich erinnere mich an das Geräusch der Heizung im Winter. Dieses gleichmäßige Klacken, wenn sie versuchte, warm zu werden, aber nur halbherzig Luft ausspuckte. Es war das einzige Geräusch in der Nacht, wenn ich wach lag und die Risse in der Decke zählte. Ich mochte die Risse. Sie veränderten sich mit den Jahren, wuchsen wie kleine Geschichten über meinem Kopf. Geschichten, die ich erzählte, um mich selbst nicht zu verlieren.

Die Frau, bei der ich lebte, hieß Helga. Manchmal nannte sie mich „Kind", manchmal „Sie", selten bei meinem Namen. Wenn sie mit anderen sprach, sagte sie: „Die da ist von der Behörde." Ich wusste lange nicht, was das bedeutete. Ich dachte, die Behörde sei eine Art Fabrik für Kinder, und ich sei ein fehlerhaftes Produkt. Wie ein Gerät, das aus der Linie gefallen war, zurückgegeben und ersetzt wurde. Aber wer hatte mich dann zurückgelassen?

Ich war fünf, als ich zum ersten Mal das Wort „Schwester" hörte. Es war Sommer, und ich saß auf dem Küchenboden, sortierte Bohnen. Helga telefonierte, war aufgebracht. „Nein, sie weiß es nicht … natürlich nicht. Die Frau hat ein neues Leben. Mit dem anderen Kind. Mit ihrer Jana."
Jana.
Ich kaute das Wort wie ein Geheimnis. Jana. Es klang weich. Stolz. Sicher.

Ich wusste sofort: Sie ist das Kind, das sein durfte. Das Kind, das nicht wie ich auf eine leere Stelle im Leben eines Fremden stieß, sondern in den Händen einer Familie aufwuchs. Jana hatte alles, was ich nie hatte. Und ich wusste, sie hatte es nicht verdient. Aber das war mir nicht wichtig. Was mich wirklich interessierte, war der Gedanke, dass sie nie wissen würde, wie viel ich über sie wusste.

Die ersten Fotos sah ich mit sieben. Ein Umschlag lag in der Schublade, den Helga für die Steuer aufbewahrte. Zwischen Formularen und abgelaufenen Ausweisen: ein Foto von einem Mann, den ich nur aus wenigen Besuchen kannte – mein Vater – und einem Mädchen. Etwas jünger als ich. Mit Zöpfen. Lächelnd.

Sie trug ein T-Shirt mit einer Sonne drauf. Ich kannte es. Ich hatte es in einem dieser Besuche einmal getragen. Es war dann plötzlich verschwunden.

Das Mädchen auf dem Foto trug es.

Ich wusste es da. Kannte den Schmerz noch nicht beim Namen, aber ich wusste: Das bin nicht ich. Aber das hätte ich sein können. Das war der Moment, in dem ich begriff, dass es nicht nur darum ging, was mir genommen worden war, sondern was ihr nie genommen wurde. Und das tat mehr weh als alles andere.

Mit neun fing ich an, Listen zu führen. In einem alten Schulheft. Ich schrieb ihre Daten auf. Ihren Geburtstag, ihre Hobbys, ihre Lieblingsfarben. Alles, was ich über Jana wusste. Ich sammelte Informationen aus den Gesprächen meines Vaters, wenn er kam. Aus Halbsätzen, aus den kleinen Geschenken, die er brachte und wieder mitnahm. Die Geschenke, die sie nicht mehr brauchte, die sie als selbstverständlich hinnahm, als ob es nie einen Moment gegeben hätte, in dem sie sich je für ihre Geschenke hätte bedanken müssen.

Ich wollte verstehen, wer sie war. Weil ich spürte, dass ich nur dann Bedeutung hatte, wenn ich sie verstand. Und vielleicht auch, weil ich dann das Gefühl hatte, ein Teil von ihr zu sein. Ich wollte nicht nur die alte, vergessene Schwester sein. Ich wollte die Schwester sein, die sich nicht in einem vergilbten Fotoalbum verirrt.

Mit zehn bekam ich meine erste Brille. Und ich bestand darauf, dass es das gleiche Modell war wie ihres. Ich sah mich im Spiegel, sah ihre Züge in meinem Gesicht, versuchte sie zu imitieren, bis sie ein Teil von mir wurde.

Mit elf begann ich, ihre Stimme zu üben. Ich sprach in alten Spiegeln, versuchte ihr Lächeln. Ihr „Hallo". Ihr „Ich bin Jana Winter." Ich übte, wie sie die Lippen verzog, wie sie die Augen verdrehte, wenn sie etwas langweilig fand. Es war eine Perfektion, die mich von innen aushöhlte.

Ich war nie besonders gut im Malen. Aber ich zeichnete sie immer wieder. Mit Krone. Mit Lächeln. Und daneben – mich. Kleiner. Dunkler. Als Schatten. Ich wollte, dass meine Zeichnungen die Wahrheit sagten. Dass sie zeigten, dass sie die wahre Heldin war. Und ich der Schatten, der hinter ihr schlich. Der Schatten, der nie ganz verschwand.

Mein Vater hörte irgendwann auf, mich zu besuchen. Vielleicht, weil ich zu viel fragte. Vielleicht, weil ich zu sehr wurde wie sie. Ich schrieb ihm Briefe. Er antwortete nie. Einmal schickte ich ein Bild von mir – ein Selfie, das ich heimlich gemacht hatte im Büro von Helgas Nachbarn. Ich schrieb: „Ich sehe aus wie Jana. Magst du mich jetzt?"

Es kam nichts zurück. Der Stempel des Schweigens hatte mich längst erreicht. Und dann begann ich, ihn zu hassen. Aber nicht nur ihn. Ich hasste alles, was er repräsentierte. Die Lügen. Die Verdrängung. Die Jahre, in denen er mich nur als leere Erinnerung behalten hatte, als jemand, den er irgendwann vergessen konnte.

Mit dreizehn riss ich zum ersten Mal aus. Ich fuhr mit dem Zug in die Stadt, schlich mich in die Gegend, in der Jana wohnte. Ich beobachtete sie. Eine Woche lang. Ich sah, wie sie zur Schule ging, lachte, Freunde traf. Niemand erkannte mich. Niemand fragte, wer ich war. Es war, als wäre ich ein unsichtbarer Schatten, der durch die Straßen schlich, durch die Geschichten der anderen. Aber ich wusste: Wenn niemand mich sieht, dann werde ich jemand, den sie sehen. Jemand, der irgendwann mehr war als eine Erinnerung. Ein Alptraum. Ein Verdacht.

Ich saß nachts auf einem Spielplatz und starrte in den Himmel. Der Himmel hatte niemals Antworten für mich. Aber ich fand es irgendwie beruhigend, dass auch er keine Antworten zu geben hatte.

Mit vierzehn beschloss ich, Jana zu werden.
Nicht als Spiel.
Nicht als Rache.
Sondern als Rückkehr.
In eine Welt, die mich nie gewollt hatte. Aber ich wollte sie wiedersehen. Wieder in den Raum treten, der niemals für mich geöffnet worden war.

Ich trainierte. Ich lernte ihre Handschrift. Ihre Stimmlage. Ihre Bewegungen. Ich hackte mich in ihre Online-Profile. Ich sammelte alles. Über Jahre. Und dann, als sie eines Tages ihren Abschluss machte, als sie eine Freundin in ihre kleine Welt einlud, da war ich schon längst da. Schon längst ein Teil von ihr, ein Schatten in der Menge. Sie würde nie wissen, dass sie die Rolle von jemandem spielte, der längst hinter ihr zurückgeblieben war.

Ich sah sie erwachsen werden – und ich wurde ihr Echo. Immer einen Schritt dahinter. Doch irgendwann, wusste ich, würde sie sich umdrehen. Und ich würde nicht mehr in der Menge stehen. Ich würde in ihrem Leben stehen. Und sie würde wissen, dass ich nie wirklich weg war.

Denn irgendwann würde sie vergessen, wer sie wirklich war.

Und dann war ich es, die alles wusste.

Jana saß in der Dunkelheit des kleinen Zimmers und starrte auf den Laptop. Das Bild auf dem Bildschirm flimmerte leicht, als sie das Video der Camcorder-Aufnahme betrachtete. Zwei Janas. Zwei Versionen der gleichen Person. Aber die zweite war nicht sie. Es war Lina. Eine dunkle, verzerrte Nachbildung von ihr, die aus den Schatten hervorkam und in die Realität eindrang.

Sie atmete flach und versuchte, den Kloß im Hals herunterzuschlucken. Der Gedanke, dass Lina sie von Anfang an beobachtet hatte, war überwältigend.

„Ben...", murmelte sie, „Sie hat mich über Jahre hinweg verfolgt. Diese ganzen Jahre. Und ich habe es nicht einmal bemerkt."

Ben stand neben ihr, den Blick auf den Bildschirm gerichtet. „Das ist weit mehr als ein Zufall. Sie wusste, was sie tat. Und sie hat sich Zeit genommen. Sehr viel Zeit."

Jana sah sich um. Der Raum war leer und kalt, aber die Worte in ihrem Kopf hallten wider. Sie spürte, wie der Boden unter ihr zu wanken begann. „Ich habe ihr zu viel gegeben, ohne es zu wissen. Sie hat mich entmannt. Meine Identität gestohlen und mich in eine Rolle gedrängt, die ich nie wollte."

Ben nickte stumm, seine Augen verengten sich, als er weiter nachdachte. „Und jetzt wird sie nicht aufhören. Sie hat es auf dich abgesehen. Auf alles, was du bist und alles, was du wirst. Deine Vergangenheit, deine Zukunft – sie hat sie in ihren Händen."

„Das weiß ich", antwortete Jana, ihre Stimme kühler als sie sich fühlte. „Deshalb muss ich zurückschlagen. Sie denkt, sie hat mich ersetzt. Aber sie hat einen Fehler gemacht."

„Was für einen Fehler?"

„Sie hat vergessen, dass ich der Originalcode bin. Sie kann mich nie völlig auslöschen. Sie kann nur kopieren, aber sie wird immer eine Kopie bleiben."

„Du wirst nicht mehr nur fliehen", sagte Ben, als er sich umdrehte, „Du wirst zurückschlagen."

Jana ließ sich zurückfallen und starrte an die Decke. Ihr Kopf schwirrte, ihre Gedanken rasten. „Ich werde sie entlarven. Ich werde herausfinden, was sie wirklich will."

Ben starrte sie an, als ob er gerade ein gefährliches Feuer in ihr gesehen hätte. „Du bist bereit, das alles auf dich zu nehmen?"

„Ich muss es tun", sagte sie ruhig. „Ich werde es nicht länger zulassen, dass sie meine Welt zerstört."

Die nächsten Tage vergingen in einem intensiven Fokus. Ben und Jana durchforsteten die Daten auf dem USB-Stick. Es war, als hätte Lina ihre Existenz bis ins kleinste Detail dokumentiert. Ihre Bewegungen, ihre Gespräche, ihre Erinnerungen – alles war in einer Art Netz eingefangen, das sie nicht einfach durchbrechen konnte. Aber sie wusste, dass es einen Punkt geben musste, an dem sich die Fäden zusammenzogen.

„Die Klinik", sagte Ben plötzlich. „Das könnte der Schlüssel sein. Wenn sie deine Identität gestohlen hat, dann könnte sie auch deine Krankengeschichte manipuliert haben."

„Was genau meinst du?"
fragte Jana, die das Gefühl hatte, dass etwas übersehen wurde.
„Was, wenn sie ihre eigene Akte in einer Klinik anlegt? Eine Akte, die sie zu einer Diagnose führt, die sie dann benutzen kann, um dich zu entmachten?"

Jana starrte ihn an, als der Gedanke sich wie ein Schatten in ihren Geist schlich. „Psychische Instabilität?"
„Ja", bestätigte Ben.
„Das könnte es sein. Wenn sie die Kontrolle über deine Geschichte übernimmt, könnte sie dich als gefährlich darstellen, als instabil, um jede Frage nach deiner Identität zu unterdrücken."

„Und was, wenn das nicht alles ist?" fragte Jana, ihr Kopf begann, die Verbindungen zu erkennen. „Was, wenn sie mich nicht nur in eine Psychiatrie einweisen will, sondern auch für alles verantwortlich machen will, was sie selbst getan hat?"

„Dann hat sie eine sehr, sehr lange Liste an Dingen, die sie rechtfertigen muss", sagte Ben, als er den Laptop aufklappte. „Und wir können ihre Lügen aufdecken. Es wird nicht einfach, aber es wird der einzige Weg sein, sie zu stoppen."

Jana atmete tief durch. „Und ich muss wieder in die Klinik zurück."

„Genau", sagte Ben. „Du musst herausfinden, was sie dort hinterlassen hat. Was sie sich ausgedacht hat. Und du musst sicherstellen, dass sie weiß, dass du da bist. Dass du sie nicht einfach so davonkommen lässt."

Es war spät in der Nacht, als sie den Entschluss fassten.

Jana wusste, dass der Plan gefährlich war, aber sie hatte keine Wahl. Lina war zu weit gegangen, und jedes Mal, wenn sie versuchte, sich zu verstecken, war Lina immer einen Schritt weiter. Die Klinik war ihre letzte Chance, den Kern des Problems zu finden. Und dort würde sie nicht nur auf der Jagd nach der Wahrheit sein, sondern auch auf der Jagd nach Rache.

„Wir machen es morgen", sagte sie, als sie aufstand und in die kleine Küche ging, um sich einen Kaffee zu machen.

„Gut", antwortete Ben, der noch immer in den Bildschirm starrte. „Aber sei vorsichtig. Wir wissen nicht, wie weit sie gehen wird."

„Sie weiß nicht, was sie herausfordert", sagte Jana leise. „Ich bin nicht mehr das Opfer."

Sie drehte sich um, um ihn anzusehen, und als ihre Blicke sich trafen, wusste sie, dass sie bereit war, das Spiel zu wenden. Denn in diesem Moment war es klar: Sie hatte Lina zu lange die Kontrolle überlassen. Und jetzt war es ihre Zeit, zurückzuschlagen.

Die Nacht verstrich, und die Schatten der Straßen wurden tiefer. Jana hatte sich zu einem Punkt durchgerungen, an dem es kein Zurück mehr gab. Doch die Fragen, die sie nicht beantworten konnte, nagten an ihr. Was, wenn sie es nicht schaffte? Was, wenn Lina sie überlistete? Doch in ihrer Entschlossenheit wusste sie eines: Dieses Spiel war weit mehr als nur eine Jagd nach Identität. Es war ein Kampf um die Kontrolle ihres Lebens – und sie würde nicht zulassen, dass jemand anderes die Regeln bestimmte.

Der Morgen kam nicht leise. Er krachte über Jana herein wie ein Orkan aus grellem Licht und unerbittlichem Lärm. Ihr Handy vibrierte unaufhörlich – eine unaufhörliche Flut von Nachrichten, Push-Mitteilungen, Anrufen. Jede einzelne war wie ein neuer Schlag. Eine Erinnerung daran, dass sie nicht mehr die Kontrolle hatte.

Ben stand in der Tür, blass, der Blick starr. „Du musst das sehen."

Er hielt ihr sein Tablet hin. Die Startseite eines Boulevardportals leuchtete in schreiendem Rot: „Frau behauptet, Opfer von Identitätsdiebstahl zu sein – Polizei spricht von psychischen Auffälligkeiten."

Darunter prangte ein Foto. Ihr eigenes Gesicht. Abgebildet in einem Überwachungsvideo, das sie in hastigem Schritt beim Verlassen des Präsidiums zeigte. Die Aufnahme war unscharf, verzerrt – sie sah aus wie ein gespenstisches Abbild ihrer selbst. Daneben ein weiteres Bild. Das von der anderen Jana – das perfekte Lächeln, die makellose Haut. Ein Bild, aufgenommen in einem glänzenden Interviewstudio.

„Ich verstehe, dass das verwirrend ist", stand in großen, fetten Buchstaben. „Aber ich möchte betonen: Ich bin Jana Winter. Und ich bin nicht gefährlich."

Jana starrte auf das Tablet. Ihr Hals war trocken, als könnte er nicht genug Luft bekommen. Ihre Finger zitterten, als sie das Gerät in ihre Hände nahm.

„Wie … hat sie das geschafft?", fragte sie leise, mehr zu sich selbst als zu Ben.

Ben ließ sich auf das Sofa sinken, die Augen starr auf den Bildschirm gerichtet. „Sie war vorbereitet. Das ist kein Zufall. Das ist ein PR-Schachzug. Der mediale Ersteinschlag. Sie hat das Narrativ besetzt. Sie hat sich in den Köpfen der Menschen bereits etabliert."

„Ich bin die Geschichte. Aber sie schreibt sie", murmelte Jana, als die Worte wie Schläge auf sie niederprasselten.

In den nächsten Stunden war nichts mehr wie vorher. Ihre Mailbox explodierte. Unaufhörlich klingelte das Telefon. Nachrichten, Anrufe, E-Mails – der Inhalt war immer der gleiche. Bekannte fragten nach, Journalisten drängten auf ein Interview, Kollegen, mit denen sie seit Monaten nicht gesprochen hatte, verlangten nach Antworten. Fragen, die sie nicht beantworten konnte. Fragen, die sie nicht beantworten wollte. „Was ist da los?", „Stimmt das?", „Bist du … gefährlich?"

„Sie hat das Netz gegen dich gewendet", sagte Ben, als er neben ihr stand, das Tablet immer noch in der Hand. „Und sie war schneller. Du hast es nicht kommen sehen."

„Wie könnte ich?", flüsterte Jana, die Worte so bitter wie der Gedanke, dass sie in diesem Spiel nie der Erste gewesen war.

Und dann, wie ein Schlag ins Gesicht, die ersten Drohungen. Kommentare unter dem Artikel, die die Wut der Masse wie einen Strom von Gift verbreiteten. „Solche Leute gehören weggesperrt." – „Fake-Identität, Fake-Mensch." – „Warum schützt man uns nicht vor solchen Irren?"

„Sie hat dich zur Gefahr gemacht", sagte Ben, seine Stimme rau. „Und jetzt ist der Rest der Welt nur noch ein mobbendes Rudel."

Jana atmete tief ein, doch der Schwindel der Panik ließ ihr den Atem stocken. „Was mach ich jetzt?" Ihre Stimme klang fremd, der Klang selbst schwer und leer.

„Du musst sichtbar werden. Aber kontrolliert", sagte Ben. „Du musst die Kontrolle über das Bild zurückgewinnen, bevor sie es für sich verbucht."

„Ich will nicht in diese Öffentlichkeit", murmelte sie, die Vorstellung, in eine mediale Arena geworfen zu werden, die sie zerstören wollte, löste einen jähen Widerstand in ihr aus. Doch Ben sah sie mit diesem unverrückbaren Blick an, der sie wissen ließ, dass es keinen anderen Ausweg gab.

„Du hast keine Wahl", sagte er.

Und so begannen sie, einen Plan zu schmieden. Sie entschieden sich für ein Video. Keine bombastische Inszenierung, kein unnötiger Schnitt, keine Musik. Nur sie – Jana, allein in einem ruhigen Raum. Ihr

Gesicht war weder perfekt noch makellos. Ihre Augen standen unter dunklen Ringen, und ihr Haar war zerzaust, doch ihre Worte hatten eine ungekünstelte Klarheit.

Sie erzählte ihre Geschichte – von der Frau an ihrer Tür, vom Verlust des Jobs, vom Gutachten, das sie zur Psychopathin stempelte, von den Bildern, die ihr immer wieder das Gefühl gaben, dass ihre Welt zusammenbrach, und schließlich von dem Kind, das sie nie gekannt hatte, dessen Existenz sie in einem Albtraum verlor.

„Ich bin keine Verschwörungstheoretikerin. Ich bin nicht gefährlich. Ich bin einfach nur jemand, dem man alles genommen hat – außer der Wahrheit", schloss sie mit einer Stimme, die trotz der Kälte der Worte unmissverständlich war.

Ben lud das Video hoch. YouTube. Instagram. TikTok. Binnen Stunden wurde es tausendfach geteilt, kommentiert und diskutiert. Der Hashtag #WerBinIch war in kürzester Zeit einer der meistgesuchten Begriffe. Innerhalb eines Tages war das Video in den Top 10 der deutschen Trending-Videos.

Und mit der Aufmerksamkeit kam auch … der Gegenwind.

Lina, oder wer auch immer sich unter ihrem Namen ausgab, reagierte schneller als erwartet. Ein Interview in einer populären Talkshow. Ihre Augen strahlten, ihre Stimme war kühl und kontrolliert. Sie sprach von „einem tragischen Fall einer psychisch labilen Frau", von „Verwechslungen", von „einer bedauerlichen Fehlidentifikation", und wie sie selbst „traurig darüber sei, wie sehr die Medien diese Geschichte in den falschen Kontext gestellt hätten."

Jana sah sich selbst auf dem Laptop – ein schales Abbild, verzerrt und entmenschlicht. Sie sah sich selbst karikiert, wie eine Figur aus einem Albtraum, der niemals enden wollte. Die Lügen, die sie in diesem Moment auf ihrem Bildschirm sah, zerrten an ihr, versuchten, sie in den Abgrund zu stürzen.

„Sie hat mich zur Täterin gemacht", flüsterte Jana. Ihre Fäuste ballten sich. „Sie hat alles in ihrem Bild verzerrt."
„Dann mach du sie zur Lügnerin", sagte Ben. Seine Stimme war jetzt eisig, fast gefährlich.

Am dritten Tag kam die erste juristische Reaktion: eine einstweilige Verfügung, die es ihr verbot, ihren Namen weiterhin öffentlich zu verwenden. Es drohte ein Ordnungsgeld, sollte sie sich nicht an das Verbot halten.
„Sie will dich zum Schweigen bringen", sagte Ben, als er das Schreiben in den Händen hielt. „Aber das hier ist kein Zivilprozess mehr. Das ist Krieg."

Jana atmete tief durch. Der Gedanke, dass dies erst der Anfang war, schnürte ihr die Kehle zu. Doch in diesem Moment wusste sie: Sie würde nicht aufgeben. Nicht jetzt. Nicht, solange sie die Wahrheit noch in den Händen hielt.
„Dann führen wir ihn", sagte sie entschlossen.

Der Krieg hatte begonnen. Und sie würde ihn gewinnen.

In den Tagen nach dem Video wurde alles lauter. Der Lärm war wie ein ständiges Rauschen im Hintergrund – Medien, Mails, Meinungen. Jana war zu einer Projektionsfläche geworden: für Mitgefühl, Hass, Sensationsgier. Die Welt wollte ihre Geschichte. Doch sie selbst verlor zusehends die Kontrolle darüber. Sie hatte das Gefühl, ihre eigene Geschichte nicht mehr zu besitzen, als sei sie nur noch ein flimmerndes Bild, das jeder anders deutete.

Ben war ihr Ruhepol. Der einzige, der einen klaren Kopf behielt, während alles um sie herum zu einem Sturm wurde. Er sortierte Nachrichten, filterte Anfragen, hielt sie davon ab, Kommentare zu lesen. Jana ließ es zu – halb dankbar, halb schuldig. Denn tief in ihr nagte ein Gedanke, den sie kaum zu Ende denken konnte: Was, wenn Lina Recht hatte?

Nicht in ihrer Tat. Aber in ihrer Geschichte.

Sie saß in der Küche der Gartenhütte, die von der Kälte durchdrungen war. Draußen fiel dichter Schnee, die Fensterscheiben waren blind vor Kälte, der Winter hatte alles erstarren lassen. In eine Decke gehüllt, das Tagebuch ihres Vaters auf dem Schoß, las sie immer wieder denselben Absatz. Der Text war vertraut, doch jetzt wirkte er anders – wie ein Splitter, der sich tief in ihre Haut bohrte.

„Ich habe versucht, euch zu trennen. Nicht, um zu schützen – sondern weil ich selbst nicht stark genug war. Die eine durfte leben. Die andere musste warten."

Die Worte schnitten schärfer als jeder Beweis, schärfer als jeder Tatsachenbericht. Denn sie waren keine Lüge. Sie waren ein Eingeständnis. Ein Geständnis von Schuld, das sich wie ein Schatten über ihre gesamte Vergangenheit legte. Sie hatte nie gewusst, dass ihr Vater diese Entscheidung getroffen hatte. Dass er sich für eine Tochter entschieden hatte.

Ben kam am späten Nachmittag. Der Regen prasselte gegen die Fenster, und das Licht in der Hütte war schummrig, die Atmosphäre schwer.

„Ich war beim Amtsgericht", sagte er, als er die Tür öffnete. „Ich habe Zugang zu deiner Geburtsurkunde beantragt."

„Und?" Jana blickte auf, doch in ihrer Stimme lag ein zaghafter Hauch von Erwartung.

Ben reichte ihr einen Ausdruck. Jana nahm ihn mechanisch entgegen, doch als sie den Text las, fror sie mitten im Satz ein.

„Name: Jana Sophie Winter. Geboren: 27. Februar. Städtisches Klinikum. Eltern: Harald und Elisabeth Winter, geb. Kramer."

Soweit war alles wie erwartet. Doch dann stieß ihr Blick auf den Vermerk, der sie wie ein Faustschlag traf.

„Vermerk: Zweitgeborene. Erstgeborene: Lina Marie Winter."

Ihr Blick wurde glasig, ihre Hand begann zu zittern, als sie den Ausdruck noch einmal las. „Was?" Ihre Stimme war nur ein Flüstern.

Ben nickte, der Blick in seinen Augen konnte den Schock kaum kaschieren. „Sie wurde sieben Minuten vor dir geboren."

Jana schluckte, als das Papier in ihren Händen wie ein schweres Gewicht zu sinken begann. „Sie … war immer vor mir", flüsterte sie.

„Ja", sagte Ben leise. „Immer."

In der Nacht fand sie keinen Schlaf. Sie lag auf der Matratze im Wohnzimmer, die Decke über den Kopf gezogen, doch die Dunkelheit um sie herum half ihr nicht, die wirbelnden Gedanken zu beruhigen. Erinnerungen drängten sich an sie, verschwommen und fragmentiert. Stimmen, Bilder, Gefühle, aber dazwischen klaffte eine Lücke – eine Lücke, die sie nicht füllen konnte.

Ihr Atem ging unregelmäßig. Die Gedanken stürzten über sie hinweg, bis sie das Gefühl hatte, zu ersticken. Die Bilder von früher schienen zu verblassen, und die Fragen wurden unerträglich: Was war passiert? Warum war ihre Erinnerung so lückenhaft? Und was, wenn all das, was sie geglaubt hatte, nur eine verzerrte Version der Wahrheit war?

Sie griff zum Handy, öffnete den Audiorekorder. Ihre Stimme klang fremd, als sie die Worte flüsterte:

„Ich erinnere mich an mein sechstes Lebensjahr. An die Schürfwunde, als Papa mich nach Hause trug.

An meinen achten Geburtstag, als Mama mich vergaß. Aber … ich erinnere mich nicht an den dritten. Oder den vierten. Ich sehe Fotos – aber ich sehe mich nicht."

Sie drückte auf Stopp und starrte auf das Display. Die Dunkelheit der Nacht schien sich in ihr zu spiegeln.

Am nächsten Tag, als der Regen endlich nachließ, suchte sie alte Familienvideos durch – eine Festplatte, die Ben ihr gebracht hatte. Sie hatte sie nie zuvor angeschaut, aus irgendeinem Grund war sie nie dazu gekommen. Aber jetzt war es, als würde sie in die Vergangenheit tauchen, in der Hoffnung, einen Hinweis zu finden, etwas, an das sie sich erinnerte, aber nicht mehr in ihrem Kopf zusammenfügte.

Und dort war es. Ein Geburtstag.

Sie war drei Jahre alt. In einem engen, überfüllten Raum, umgeben von Lachen und bunten Luftballons. Sie blies die Kerzen auf einem Kuchen aus.

Ihr Vater filmte, die Kamera wackelte, als er sie anlächelte. Ihre Mutter lachte im Hintergrund, aber Jana war nicht ganz sicher, ob sie wirklich zu ihr gehörte. Sie erinnerte sich an das Gefühl, immer beobachtet zu werden, nicht richtig da zu sein.

Doch dann – ganz kurz – im Hintergrund:

Ein blondes Mädchen. Auf dem Boden. Ohne Geschenk. Ohne Lächeln.

Es war ein Bild, das sie nie vergessen hatte — aber nie auch wirklich erinnert. Das Mädchen war Lina.

Jana zeigte es Ben am nächsten Morgen, die Festplatte noch in der Hand. Ihre Stimme war beinahe unhörbar, als sie sagte: „Sie war da."

Ben nickte, doch seine Miene blieb unverändert. „Ja."

„Aber niemand hat sie je erwähnt", sagte Jana, der Blick starr und leer auf das Bild fixiert.

„Weil sie nicht existieren durfte", sagte Ben mit einem Schaudern.

Später traf sie sich mit Dr. Bach, in der Hoffnung, Antworten zu finden, doch je mehr sie über ihre Erinnerungen sprach, desto weiter schien sie von einer Lösung entfernt zu sein.

„Ich erinnere mich nicht an sie", sagte Jana leise, ihre Hände ineinander verschränkt. „Aber ich weiß, dass sie da war. Was bedeutet das?"

Dr. Bach saß ihr gegenüber, die Augen ruhig, fast zu ruhig. „Unser Gehirn schützt uns vor dem, was wir nicht integrieren können."

„Wie Schutz?", fragte Jana.

„Wie Ausgrenzung. Oder unerklärliche Nähe zu jemandem, der fremd gemacht wurde."

„Habe ich sie vergessen, weil ich sollte?" Jana zog die Stirn kraus.

„Vielleicht."

„Oder weil ich wollte?" Ihre Stimme zitterte.

Die Psychologin schwieg für einen Moment, als ob sie mit einer Antwort rang, die sie selbst nicht begreifen konnte.

Am Abend schrieb Jana in ihr Notizbuch:

„Wahrheit ist nicht nur das, was man weiß. Sondern auch das, was man nicht sehen will."

Vielleicht war Lina nicht nur ihre Gegnerin.

Vielleicht war sie das, was sie nie hatte sein dürfen:

Ihre andere Hälfte.

Kapitel 14 – DNA. Lügt nicht?

Jana hielt das Wattestäbchenset in den Händen, als wäre es ein heiliger Gral, der die Macht hatte, ihre gesamte Welt zu verändern. Die Verpackung war steril, unscheinbar. Doch das, was sie in ihren Händen hielt, war weit mehr als nur ein Stück Plastik. Es versprach eine Gewissheit, eine Antwort, die sie sich schon so lange nicht zu stellen gewagt hatte. Eine Wahrheit, der sie sich bald stellen musste – egal, wie zerbrechlich sie war.

Ben hatte das Testset organisiert. Diskret, ohne offizielle Wege, ohne Namen auf dem Umschlag. Ein Schnelltest, der innerhalb von zwei bis drei Tagen Ergebnisse liefern würde. Als er ihr die kleine, unscheinbare Box überreichte, hatte Jana gezögert. Nicht aus Unsicherheit, sondern weil sie nicht wusste, wie sie sich fühlen würde, wenn die Wahrheit endlich ans Licht käme.

„Bereit?", fragte Ben und stand dabei unsicher am Türrahmen der Küche. Seine Worte klangen fast wie eine rhetorische Frage.

„Nein. Aber ich mache es trotzdem." Ihre Antwort war eine Mischung aus Resignation und entschlossener Verzweiflung. Sie konnte nicht weiter in diesem Zustand der Ungewissheit leben.

Der Raum schien in diesem Moment stillzustehen. Das Licht über ihr flackerte in einem seltsamen Takt, der beinahe synchron zu ihrem Herzschlag war. Draußen zerrte der Wind an den alten Fenstern der

Gartenhütte. Es fühlte sich an, als ob das Universum selbst den Atem anhielt, während sie die Verpackung öffnete. Das Kratzen des Plastikfolienmaterials hallte in ihren Ohren wider.

Ben trat näher. Jana konnte förmlich die Schwere der Luft spüren. Ihr Atem ging flach, als sie das Wattestäbchen nahm und es vorsichtig in ihren Mund führte, die Innenseite ihrer Wangen abtastend, um eine Probe zu entnehmen. Sie tat es mechanisch, als ob jede ihrer Bewegungen von außen bestimmt war. Das zweite Wattestäbchen nahm sie mit derselben Distanz und führte es zu einem Glas, das Ben von einem ihrer früheren Besuche im TV-Studio erhalten hatte.

Darauf hafteten noch Spuren von Lippenstift. „DNA", hatte Bens Kontakt gesagt, „kein Problem." Doch für Jana war es mehr als nur eine formale Frage.

„Wenn das Ergebnis kommt", sagte Ben leise, „was hoffst du zu erfahren?" Seine Stimme war ruhig, aber sie konnte die Besorgnis darin hören. Sie wusste, dass auch er von der Schwere des Moments überwältigt war.

Jana schluckte schwer. Ihre Finger zitterten, als sie das zweite Wattestäbchen in die Probenbox legte. „Dass es nicht stimmt", antwortete sie schließlich, „dass ich mich irre. Dass sie nicht meine Schwester ist."

Ben nickte langsam. Er wusste, dass ihre Worte mehr bedeuteten, als sie aussprachen. „Und wenn es stimmt?"

„Dann will ich wissen, warum sie mich vergessen hat", sagte Jana, ihre Stimme brach fast bei den letzten Worten. „Oder warum ich sie vergessen sollte. Was hat uns auseinandergerissen?"

Die Tage, die bis zum Ergebnis vergingen, zogen sich quälend lang hin. Jana versuchte, sich in der Arbeit zu verlieren. Sie recherchierte, schrieb, sichtete Dokumente und entschlüsselte die verzweigten Fäden der Geschichte, die sie mit Lina verbanden. Doch innerlich war sie wie eingefroren. Ihre Gedanken kreisten in immer enger werdenden Schleifen, und die Frage, die sie quälte, ließ ihr keine Ruhe: Was, wenn ich nicht nur das Opfer bin?

In jeder freien Minute blätterte sie durch alte Fotos, durchsuchte ihre Erinnerungen nach Hinweisen. Sie konnte sich an Fragmente erinnern, an flimmernde Bilder und unscharfe Geräusche, die sie nie ganz einordnen konnte. Ein Weihnachtsmarkt, der Geruch von gebrannten Mandeln in der kalten Luft. Eine fremde Hand, die ihre hielt – aber nicht sanft, sondern fast fordernd. Und in der Nacht das Wimmern eines Kindes, das sie nicht zuordnen konnte. Erinnerungen, die nie ihren Platz fanden und doch tief in ihr vergraben waren.

Dann, nach drei quälenden Tagen, kam der Brief. Der Umschlag war wie alle anderen: neutral, ohne

Absender, und doch wusste Jana genau, was darin steckte. Ben hatte den Brief von dem vereinbarten Ort abgeholt und ihn wortlos auf den Tisch gelegt. Er setzte sich gegenüber von ihr und sah sie an, als würde er auf ein Signal warten. Doch sie hatte keine Worte. Sie wusste, dass jetzt der Moment gekommen war, der alles verändern würde.

Jana griff nach dem Brieföffner. Die Klinge schlich durch den Umschlag wie ein dunkles Versprechen, und der Moment, den sie so lange vermieden hatte, war nun endlich da. Sie öffnete den Brief langsam, fast zögerlich, und zog die zwei Seiten mit der gleichen Vorsicht heraus, als ob sie befürchtete, dass sie bei zu schnellem Handeln etwas zerstören würde.

Das erste, was ihre Augen erfassten, war das Logo des Labors – ein offizielles Siegel, das die Fakten bestätigte. Und dann die Zeilen, die die Luft aus ihrem Lungenraum pressten.
„Vergleich: DNA-Profil 1 – Jana Sophie Winter. DNA-Profil 2 – unbekannt.
Ergebnis: 99,9987 % Übereinstimmung – monozygote Zwillinge."

Zwillinge. Keine Halbschwestern. Keine entfernten Verwandten. Sie war nicht allein. Sie war nie allein gewesen. Und doch hatte sie immer das Gefühl gehabt, allein zu sein. Und jetzt, jetzt war die Wahrheit so unfassbar, dass sie kaum fähig war, sie zu begreifen. 99,9987 %. Identisch. Sie und Lina – sie waren aus derselben Zelle hervorgegangen. Zwei Seelen, die aus dem gleichen Ursprung stammten, aber in völlig verschiedenen Welten lebten.

Jana ließ das Blatt Papier sinken, und ihr Blick klebte an dem kleinen Riss im Tisch. Minuten vergingen, vielleicht auch Stunden. Der Raum war still. Das einzige Geräusch war der leise, gleichmäßige Klang von Ben's Atem. Aber sie konnte spüren, wie sich die Schwere der Erkenntnis in ihr ausbreitete, wie sie sie durchdrang, wie sie sich nicht mehr leugnen konnte. Das Bild von Lina, das Bild ihrer Schwester, formte sich endlich in ihr Gehirn, doch es war kein Bild der Zärtlichkeit, sondern eines schmerzhaften Wissens.

Ben sagte nichts. Er ließ sie. Er wusste, dass Worte jetzt nur noch Hüllen waren, dass Jana den Raum für ihre eigenen Gedanken brauchte. Doch was konnte man sagen, wenn die Wahrheit in ihrer nackten, kalten Form vor einem lag?

Nach einer langen Pause sah Jana endlich auf. Ihr Blick war klar, und doch war er von einer inneren Erschütterung geprägt. „Es war nie nur ihr Plan", sagte sie leise, ihre Stimme fest.

Ben nickte langsam, als würde er das Ausmaß dessen verstehen, was sie nun begriffen hatte. „Es war unser Leben. Unser Schmerz. Nur anders verteilt."

„Was wirst du tun?" fragte er vorsichtig.

„Ich werde sie konfrontieren", sagte Jana, und in ihren Augen flammte etwas auf, das Ben noch nie bei ihr gesehen hatte. „Nicht als Opfer. Nicht als Gegenspielerin. Als das, was sie nie anerkannt hat: ihre Hälfte."

Am Abend saß Jana alleine am Schreibtisch, ihre Finger über der Tastatur. Der Bildschirm vor ihr war ein leeres Feld, das auf eine Nachricht wartete. Keiner der Worte, die sie eingeben wollte, schien passend.

Schließlich tippte sie eine einzige Zeile. Keine Vorwürfe, keine Apelle. Nur eine schlichte, entscheidende Wahrheit:

„Ich erinnere mich."

Und sie wusste, dass sie nun bereit war, den nächsten Schritt zu gehen. Das Spiel hatte sich verändert – und sie würde die Regeln neu definieren.

Kapitel 15. – Der Einbruch

Der Wind hatte in der Nacht deutlich an Stärke gewonnen. Er schlug gegen die Wände der Gartenhütte, zerrte an der alten Dachrinne, ließ das Fenster klirren und pfiff durch die Ritzen, als wollte er die Stille der Nacht durchbrechen. Jana lag wach, aber nicht wegen des Sturms. Es war die Nachricht, die sie am Abend verschickt hatte, die sie nicht losließ. *Ich erinnere mich.* Drei einfache Worte, die wie ein keimender Samen in ihrem Geist wucherten. Ein Moment, der alles verändert hatte. Und doch gab es seitdem keine Antwort. Kein Lebenszeichen. Keine Bestätigung, dass ihre Worte überhaupt gehört worden waren.

Die Ungewissheit nagte an ihr. Wo war sie? War sie noch immer da draußen, wartend? Oder hatte sie sich längst zurückgezogen, nachdem sie die Nachricht gelesen hatte? Jana konnte es nicht ertragen, im Unklaren zu bleiben. Doch eines wusste sie sicher: Die Person, an die sie geschrieben hatte, hatte ihre Nachricht wahrgenommen. Sie hatte gelesen. Und das war der entscheidende Punkt.

Mit einem leisen Seufzen drehte Jana sich auf die Seite, der Blick in die Dunkelheit der Hütte gerichtet, die jetzt um sie herum so lebendig war. Die Geräusche der Natur drangen in ihr Bewusstsein – der Wind, der Regen, der leichte Rauschen des Waldes –

doch es war das Gefühl der bedrohlichen Stille in ihrem Inneren, das sie nicht losließ.

Der Morgen kam träge. Als sie die Augen öffnete, war es noch immer dunkel, aber die Dämmerung drang bereits durch die dünnen Wände der Hütte. Ben war fort. Er hatte die Stadt aufgesucht, um einen Treffpunkt für ein mögliches Interview zu organisieren. Ein neutrales, investigatives Format, keine Boulevardpresse. Jana fragte sich, ob sie zusagen sollte. Ein Teil von ihr wollte die Gelegenheit nutzen, sich zu erklären, etwas von sich preiszugeben, sich endlich Gehör zu verschaffen. Doch ein anderer Teil von ihr wollte sich einfach verkriechen, wieder in die Dunkelheit eintauchen und diese ganze Sache hinter sich lassen. Sie wollte keine weiteren Fragen, keine Interviews. Nichts. Nur Stille.

Doch der Tag zog sich dahin. Sie räumte auf, scannte alte Dokumente, sicherte Daten, alles in einem mechanischen Rhythmus. Ihre Bewegungen waren ruhig, fast geistesabwesend, als versuche sie, sich selbst zu beruhigen. Doch innerlich fühlte sie sich wie aufgescheucht. Ihr Herz schlug schneller als gewöhnlich, ihre Muskeln angespannt. Es war ein Gefühl, als wartete sie auf etwas – auf eine Konfrontation, auf eine Veränderung, auf das, was als Nächstes kommen würde.

Und dann, kurz nach dem Mittag, hörte sie es. Ein leises Klicken. Ein Geräusch, das so vertraut klang, dass es Jana fast den Atem stocken ließ. Es kam aus der Richtung der Tür. Ein Knacken. Dann Stille.

Für einen Moment dachte Jana, sie hätte sich verhört. Aber der Klang wiederholte sich, diesmal deutlicher, lauter. Die Tür. Sie bewegte sich, als ob jemand sie öffnete.

Jana sprang auf, das Herz hämmerte in ihrer Brust. Ihr Blick traf den Raum, der jetzt still war, bis auf das leise Zischen des Windes, der draußen tobte. Sie wusste, dass etwas nicht stimmte. Der Moment, in dem alles in ihr zu einem Tumult wurde, war gekommen. Wer war da? Wer hatte die Tür geöffnet?

Dann, langsam, trat eine Gestalt ein. Schlank, schwarz gekleidet. Die Augen, die sie trafen, waren kalt und gleichzeitig vertraut. Keine Masken, keine Tarnung. Nur eine Person, die in den Raum trat, als gehöre sie hierher.

Lina.

Die Erinnerung an sie war wie ein blitzschneller Schlag, der Jana direkt ins Herz traf. Der Name, die Begegnungen, all das kam plötzlich zurück. Aber es war nicht das gleiche Gefühl von Nähe, das sie früher vielleicht empfunden hatte.

Jetzt war da nur noch etwas anderes: ein kaltes Erkennen, das wie ein scharfer Pfeil in ihr traf.

„Du bist mutig", sagte Jana mit einer Stimme, die ruhiger klang, als sie sich fühlte. Sie konnte sich nicht dazu bringen, Angst zu haben, aber sie konnte auch nicht verhindern, dass ihre Nervosität durchschimmerte.

Lina trat weiter ein, schloss die Tür hinter sich, leise, fast lautlos. Ihre Bewegungen waren wie die einer Katze auf der Jagd – präzise, kontrolliert, effizient. Sie trug Handschuhe, als ob sie jede Spur verwischen wollte, jede Verbindung zur Welt da draußen. Alles, was sie war, alles, was sie hatte, schien für sie nichts anderes als ein Werkzeug zu sein, ein Mittel zum Zweck.

„Ich musste sehen, ob du wirklich erinnerst", sagte Lina mit einer Stimme, die zugleich kühl und kalkulierend war.

„Und?" Jana blieb ruhig, ließ sich nicht durch die Nervosität beeinflussen, die sie zu überwältigen drohte.

„Du erinnerst. Aber nicht alles."

Jana sah sie lange an. Sie hatte ihre Erinnerung zurückgefordert, sie hatte in den dunklen Ecken ihres Gedächtnisses gekramt und nun stand sie hier. Doch es war klar, dass ihre Erinnerungen nicht alle vollständig waren, dass es Lücken gab. Und diese Lücken schienen genau das zu sein, was Lina wollte. „Dann hilf mir", sagte Jana, die Hoffnung in ihrer Stimme war fast eine Anklage.

Lina schüttelte den Kopf, ein bitteres Lächeln, das wie eine Drohung wirkte, erschien auf ihren Lippen. „Du brauchst keine Hilfe. Du brauchst einen Spiegel."

Jana konnte sich nicht wehren. Es war, als würde die Wahrheit über sich selbst gerade vor ihr aufgedeckt werden. Lina hatte keinen Wunsch, ihr zu helfen. Nein, sie wollte nur, dass Jana sich selbst erkennt. Dass sie sieht, was sie in all den Jahren nie sehen wollte.

„Ich war immer da", begann Lina. „Im Schatten. Am Rand deiner Bilder. In deiner Nähe, ohne dass du es wusstest."

„Warum?" Jana konnte ihre Stimme kaum noch hören, so laut war der Tumult in ihrem Kopf.

„Weil man mir nichts gegeben hat – also habe ich es genommen." Linas Antwort war ruhig, aber darin lag eine Gewalt, die Jana fast umwarf.

„Du hättest reden können", entgegnete Jana, obwohl sie wusste, dass diese Worte wie Hohn klangen.

„Und du hättest zuhören sollen", erwiderte Lina, der Hohn war jetzt auf beiden Seiten.

Die Stille, die folgte, war schwer, fast drückend. Kein Wort konnte den Raum jetzt noch füllen. Ein Zug rauschte in der Ferne vorbei, und der Klang vibrierte in den Wänden, doch er konnte das Schweigen zwischen den beiden nicht brechen.

„Du hast mir mein Leben genommen", sagte Jana schließlich, und es war mehr eine Feststellung als ein Vorwurf.

„Nein. Ich habe es mir nur geliehen. Und ich war gut darin. Besser vielleicht."

„Du meinst, du warst ich?" Jana wollte wissen, was das alles bedeutete. Was sie war. Was Lina war.

„Ich war, was du nie sein konntest. Kompromisslos. Furchtlos."

„Kalt."

„Effizient."

Jana sprang auf. Ihre Beine fühlten sich schwer an, aber ihre Entschlossenheit war fest. „Warum jetzt? Warum zurückkommen, wenn du alles hast? Den Namen, den Job, das Ansehen?"

Lina starrte sie einen langen Moment an. Ihre Augen waren wie kalte Sonden, die Jana durchdrangen. „Weil es nicht reicht. Weil du noch da bist."

Jana konnte nicht anders, als sich zu wehren: „Ich bin nicht dein Schatten."

„Du bist mein Spiegel", sagte Lina. Ihre Worte schnitten wie scharfe Messer durch den Raum.

Und dann, als wäre es das selbstverständlichste auf der Welt, begannen sie, durch die Räume zu gehen. Jana zeigte ihr die Fotos, die Briefe, das Tagebuch, all das, was sie aufbewahrt hatte. Doch Lina schien es nicht zu überraschen. Sie hatte das alles gesehen. Mehr noch, sie hatte es gewusst. Und nun verstand sie, was es war.

„Was war es?" fragte Jana.

„Ein Beweis, dass du mich vergessen hast. Und ich dich nicht."

Kapitel 16 – Im Rampenlicht

Es hieß, es sei nur ein Interview. Eine Möglichkeit, ihre Seite der Geschichte zu erzählen. Aber als Jana das Fernsehstudio betrat, wusste sie: Es war viel mehr. Es war ein Drahtseilakt. Und unter ihr lag ein Publikum, das darauf wartete, sie fallen zu sehen.

Draußen vor dem Sender standen Kamerateams, die hektisch ihre Ausrüstung justierten. Die Reporter, in ihre Mikrofone sprechend, machten die letzten Vorbereitungen. Passanten standen mit selbstgemachten Schildern in der Hand, einige klatschten, andere flüsterten, als Jana das Gebäude betrat. „Ich bin auch Jana", stand auf einem der Schilder, ein simpler, aber belastender Ausdruck. Auf einem anderen: „Wer bist du wirklich?"

Jana senkte den Blick, als sie an ihnen vorbeiging. Jeder Schritt fühlte sich schwer an, wie eine Belastung, die sie bis in den Knochen spürte. Die Schilder, die Gesichter, die Blicke – alles war ein stilles Urteil. Ein Urteil, das von Millionen ergangen war, ohne dass sie auch nur ein einziges Mal gehört wurde.

Der Raum war kühl. Das Licht grell und professionalisiert. Die Stille vor der Liveübertragung schien fast unnatürlich, als ob sie sie in eine andere Welt versetzte – eine Welt, in der alles ins Unermessliche verzerrt wurde. Jana wurde verkabelt, geschminkt, jeder ihrer Schritte begleitet von einer hektischen Geschäftigkeit, die das Studio zu einem kalten, mechanischen Ort machte.

Die kleine Unterhaltung, die sie mit den Produzenten führte, war oberflächlich, beiläufig. Die Bemühung, professionell zu wirken, war greifbar.

Ben stand hinter der Kamera, fast unsichtbar, aber trotzdem präsent. Seine Anwesenheit war wie ein Sicherheitsnetz – dünn, aber für sie immer noch tragfähig. Ihre Finger zitterten leicht, als sie die Kamera fixierte, als wollte sie sich in ihr verankern. Er war da, aber er konnte sie nicht retten, wenn es zu einem Fall kam. Und das wusste sie.

„Frau Winter, was ist real – in Ihrer Geschichte?" Die Moderatorin Claudia Berger, elegant und makellos, begrüßte sie mit einem leichten, fast unmerklichen Lächeln. Es war keine Freundlichkeit. Kein Mitgefühl. Es war die Art von Professionalität, die wusste, dass das Publikum von ihr erwartete, dass sie hart und direkt war. Und Jana fühlte es sofort: Hier würde es kein Mitleid geben. Und das war auch gut so. Sie wollte kein Mitleid. Sie wollte keine falsche Sympathie.

Jana atmete tief ein und antwortete ohne zu zögern. „Alles."
„Viele halten Sie für eine Betrügerin. Andere für eine tragische Figur. Was sind Sie wirklich?" Claudia's Stimme war kontrolliert, aber Jana konnte die leise, spürbare Herausforderung darin hören.

„Ich bin die, der man ihr Leben genommen hat – aber nicht ihre Erinnerung."

Janas Worte hallten in der Luft, als sie sie aussprach. Sie sprach ruhig, aber die Klarheit und die Wahrheit in ihrer Stimme füllten den Raum, als wäre jede Silbe eine Waffe, die sich gegen die Lügen richtete, die die Welt über sie gesponnen hatte. Ihre Worte waren nicht dazu da, Mitleid zu erregen, sondern um Fakten zu liefern.

Sie erzählte vom Urlaub, dem Moment an der Tür, dem unvorstellbaren Schock, der sie in diese Hölle gestürzt hatte. Sie sprach von der Frau, die sie war – und die plötzlich jemand anderes wurde. Ein anderer Körper, ein anderer Name, ein anderes Leben. Und doch: Sie war immer noch die gleiche.

Dann folgte der Einspieler.

Ein Video aus dem Polizeipräsidium. Jana, aufgewühlt, fast panisch. Und die andere – ruhig, professionell, glaubwürdig. Der Schnitt war hart. Kalt. Die Frau auf dem Video – sie war nicht sie. Und doch sah sie aus wie sie. Ihre Züge, ihre Stimme – alles perfekt kopiert. Doch Jana wusste, was sie fühlte. Die Panik, die sie empfunden hatte, als sie das erste Mal vor einem Spiegel stand und sich selbst nicht mehr erkannte.

Claudia Berger fragte: „Sehen Sie sich hier – oder sie?"

„Ich sehe, wie geschickt sie ist. Und wie allein ich war", antwortete Jana, ohne zu zögern.

„Aber sind Sie sicher, dass das, was Sie erinnern, auch wahr ist?" Die Frage war scharf, fast unfreundlich. Als ob sie Jana in die Enge treiben wollte, sie aus der Reserve zu locken.

„Ich bin nicht hier, um Beweise zu liefern. Ich bin hier, weil ich nicht mehr schweigen will." Ihre Stimme blieb ruhig, fast nüchtern. Doch in ihr brodelte eine Wut, eine Frustration, die sich in diesen Worten entlud. Es war nicht die Wahrheit, die sie verteidigen musste. Es war die Vorstellung, dass sie sich jemals hatte verstecken müssen.

Und dann kam der Schockmoment. Die Fotos. Die DNA-Daten. Der Laborbericht, den alle erwartet hatten. Der Schlüsselsatz:

„99,9987 % Übereinstimmung. Monozygote Zwillinge."

Der Raum füllte sich mit einer Stille, die beinahe greifbar war. Die Zuschauer, das Kamerateam, die Moderatoren – alle warteten gespannt auf die nächste Reaktion. Aber Jana wusste, dass sie sich jetzt nicht aufhalten ließ. Die Wahrheit war gekommen. Und sie hatte nichts mehr zu verlieren.

„Warum erzählen Sie das öffentlich?", fragte Berger leise. Ihre Stimme war kaum mehr als ein Flüstern, als hätte sie plötzlich erkannt, dass sie mit Jana an eine Grenze gestoßen war, die nicht einfach überschritten werden konnte.

„Weil man Wahrheit nicht verteidigen kann, wenn niemand sie kennt", antwortete Jana fest.

„Und wenn Lina heute hier wäre – was würden Sie ihr sagen?"

Jana blickte direkt in die Kamera. Ihre Augen waren kühl, unerschütterlich. Kein Zorn, keine Verzweiflung. Nur Klarheit, die sich aus einem Jahrzehnt des Schweigens geformt hatte. „Ich erinnere mich. Und ich will, dass du es auch tust."
Nach der Sendung änderte sich alles. Die sozialen Medien explodierten. Hashtags gingen viral.

#DieZweite
#WinterFall
#WerBinIch

Die Presse spaltete sich. Die einen lobten ihre Stärke, die anderen warfen ihr vor, die Wahrheit zu manipulieren. Solidaritätsvideos wurden gepostet, aber auch Morddrohungen.
Die Welt hatte sich für sie geöffnet, aber nicht auf die Weise, die sie sich erhofft hatte. Die Deutungshoheit über ihre Geschichte lag nicht mehr bei ihr. Aber es gab keine Wahl. Sie konnte nicht zurück.

Am frühen Abend, als Jana bereits auf der Terrasse der Hütte saß, kam eine Nachricht. Der Absender war anonym. Nur ein Satz:
„Ich bin nicht dein Schatten. Aber ich war lange genug darin."
Jana las ihn dreimal, als versuchte sie, einen tieferen Sinn zu finden, der ihr entgangen war. Schließlich tippte sie eine Antwort: „Komm ins Licht."

Es dauerte nicht lange, bis Ben zurückkam. Der Wind war lau, das erste Mal seit Wochen. Die Atmosphäre war weniger angespannt als zuvor, doch der stille Druck blieb.

„Was hast du jetzt vor?", fragte Ben, als er sich neben sie setzte und den Blick ebenfalls auf den Horizont richtete.

Jana zog ihre Knie leicht an und starrte hinaus.

Der Tag war fast vorüber, und in der Dämmerung konnte sie die Silhouetten der Bäume erkennen, die im Wind schwankten.

„Ich werde sie treffen", sagte sie schließlich. Ihre Stimme war fest, doch in ihren Augen lag etwas Unbestimmtes. „Nicht für ein Duell. Für ein Kapitel, das uns beiden gehört."

Kapitel 17 – Die Begegnung

Der Himmel über der Stadt war bleiern, schwer und tief hängend. Es roch nach Regen, nach Erwartung. Jana stieg aus dem Taxi, ohne zurückzublicken. Ihre Schritte hallten auf dem nassen Asphalt, und der Wind trieb den Duft des bevorstehenden Unwetters in ihre Richtung. Ihre Hand griff nach der Tasche, die sie fest umklammerte. In ihr befanden sich die Ausdrucke – die DNA-Analyse, das Gutachten, die Fotos. Sie fühlten sich an wie Beweismaterial. Wie ein Schutzschild. Aber auch wie eine Last, die sie zwingen würde, sich mit ihrer Vergangenheit zu konfrontieren.

Das Café war ihre Wahl gewesen. Zentral, offen, aber mit abgeschirmten Ecken. Ein Ort, an dem man ungestört sprechen konnte, doch auch jeder Moment der Stille wie ein scharfes Messer in der Luft hing. Sie hatte einen Tisch im hintersten Winkel reserviert, mit Blick zur Tür. Es war ein Versuch, Kontrolle zurückzugewinnen – auch wenn sie wusste, dass es nur eine Illusion war. Die Vorstellung, dass sie den Raum beherrschte, dass sie diejenige war, die die Regeln machte. Doch die Wahrheit war, dass sie sich diesem Moment nicht entziehen konnte. Sie war gefangen in den Fäden, die sie selbst gesponnen hatte.

Jana war zehn Minuten zu früh. Doch es war nicht der Drang, sich vorzubereiten, der sie dazu brachte. Es war die unruhige Anspannung, die sie ergriff, sobald sie in das Café trat.

Die Luft war frisch, doch sie roch nach etwas anderem. Etwas Unausweichlichem. Etwas, das sie nie hatte erahnen können. Sie ließ ihre Tasche auf dem Stuhl neben sich sinken und bestellte nur Wasser. Der Kellner, ein junges Gesicht mit einem feinen Lächeln, brachte ihr das Glas. Sie griff danach, versuchte, die Finger ruhig auf dem Glas ruhen zu lassen. Doch unter der Oberfläche ihrer Gedanken rauschte es. Nicht vor Angst. Nicht vor Wut. Sondern vor etwas Tieferem – einer Art vorweggenommener Trauer. Und Erwartung.

Es war das erste Mal, dass sie Lina gegenüber saß, und sie wusste nicht, was sie erwarten sollte. Es gab keine vorhersehbaren Reaktionen, keine sicheren Verhaltensmuster. Sie war blind für das, was kommen würde. Und dennoch war der Moment wie eine unaufhaltsame Welle, die sie in den Sog ihrer eigenen Geschichte zog.

Dann kam sie.

Lina betrat das Café ohne zu zögern. Kein Sonnenbrillen-Alibi, keine Tarnung. Sie wirkte ruhig, fast elegant. Ihre Schritte waren sicher, und ihre Haltung war dieselbe, die Jana so gut kannte. Die gleichen Gesichtszüge. Die gleiche Silhouette.

Sie war eine Reflexion, die nicht von der eigenen Hand geformt worden war. Jana hatte sich darauf vorbereitet – und war doch unvorbereitet. Es war wie in einen Spiegel zu sehen, der die Vergangenheit verzerrt zurückwarf, alles verschwommen und doch unbestreitbar.

„Du bist pünktlich", sagte Jana, als Lina direkt auf sie zusteuerte.

„Ich bin ich", erwiderte Lina. Sie setzte sich ohne Eile, als würde sie sich nicht durch das Tempo der Zeit hetzen lassen. Die Worte, die sie benutzte, schienen so einfach – und doch schien hinter ihnen eine Schicht aus unausgesprochenen Bedeutungen zu liegen.

Einen Moment lang herrschte Stille zwischen ihnen.

Lina musterte sie, ihre Augen kühl, doch nicht feindlich. Es war der Blick einer Fremden, die sich nach Jahren der Abwesenheit wieder in die Nähe wagte, um sich zu vergewissern, was geblieben war.

„Du hast alles genommen", brach Jana schließlich das Schweigen. Die Worte waren schwer, sie schienen an ihrer Kehle zu zerbrechen.

Lina antwortete nicht sofort. Stattdessen ließ sie ihren Blick auf den Tisch sinken, als ob sie das Gewicht dieser Worte abwägen wollte. Sie war nicht bereit, sich zu rechtfertigen – und das wusste Jana.

„Aber jetzt gibst du mir etwas zurück. Eine Stunde. Eine Chance. Warum?" Jana sprach die Frage aus, aber sie wusste, dass sie eigentlich schon die Antwort kannte.

„Weil du dich erinnerst", sagte Lina, ohne Zögern. Ihre Stimme war ruhig, fast flüsternd, doch der Ausdruck in ihren Augen war fest. Es war keine Begründung, keine Erklärung, sondern eine Feststellung.

„Und du?" fragte Jana, und ein leises Lächeln schlich sich auf ihre Lippen.

„Ich habe nie aufgehört", sagte Lina, als ob es eine Selbstverständlichkeit war.

Für einen Moment standen die Worte zwischen ihnen wie eine unsichtbare Wand, ein unsichtbarer Riss, der die Jahre, die sie getrennt hatten, widerhallend aufgriff. Es war nicht nur ein Dialog über Vergangenheit und Gegenwart. Es war eine Erinnerung an das, was verloren gegangen war – und was vielleicht nie wirklich verloren gewesen war.

„Als Kind", sagte Jana schließlich, die Stimme leiser als zuvor, „hatte ich oft das Gefühl, dass mir jemand über die Schulter sieht. Ich habe immer gedacht, es sei Einbildung."

Lina nickte langsam, ihre Augen durchbohrten Jana, als könnte sie in ihr Innerstes sehen. „Es war Sehnsucht", flüsterte sie, ihre Worte so sanft, dass Jana sie fast nicht gehört hätte. „Ich war immer in deiner Nähe. Weil ich nicht wusste, wohin sonst."

Jana schluckte schwer, als die Erinnerung an ihre Kindheit in ihr aufstieg. Die unerklärliche Leere, die ihre Seele durchzogen hatte, ohne dass sie je wusste, warum. Die dunklen Schatten, die sie nachts begleitete, und das Gefühl, immer verfolgt zu werden. Doch nie konnte sie sich erklären, was es war. Und jetzt wusste sie es. Es war Lina, ihre Schwester, die sie nie gesehen hatte, aber immer gespürt.

„Dann hättest du sprechen müssen", sagte Jana, die Züge in ihrem Gesicht verhärtet.

„Mit Wem? Dir? Mit Mama? Dem System? Ich war ein Schatten auf einem Foto, ein Name in keinem Register. Du warst registriert. Ich war gelöscht." Linas Worte schnitten durch die Luft. Sie sprach nicht mit Bitterkeit, sondern mit einer bitteren Klarheit, als würde sie all die Jahre des Schweigens einfach ablegen.

Jana legte die Dokumente auf den Tisch. Lina berührte sie nicht.

„Ich weiß, was da drin steht. Ich habe es längst gesehen", sagte Lina, ihre Stimme ruhig und gleichgültig. Es war keine Überraschung, dass sie sich bereits informiert hatte. Alles war schon seit Jahren vorherbestimmt, zumindest in den Augen derjenigen, die die Fäden zogen.

„Dann weißt du, dass wir Zwillinge sind." Jana sprach die Worte aus, als wollte sie sie endlich in die Welt hinauswerfen, als würde die Wahrheit selbst ihr den Weg weisen.

„Das wusste ich, bevor ich es wusste", antwortete Lina.

Jana schloss für einen Moment die Augen, als die Schwere der Wahrheit sie erneut überkam. Es war ein Wissen, das sie jahrelang vermieden hatte, ein Wissen, das sie nie gewollt hatte. Und doch war es die Wahrheit, die nun nicht mehr zu leugnen war.

„Und was willst du jetzt?" fragte Jana, ihre Stimme war fest, doch die Unsicherheit hinter der Frage war nicht zu übersehen.

„Ich will, dass du aufhörst, mich zu fürchten", antwortete Lina, ihre Worte schärfer als zuvor.

„Ich fürchte nicht dich", sagte Jana, der Blick nun so scharf wie der ihrer Schwester. „Ich fürchte das, was ich über mich selbst herausfinde, wenn ich dich ansehe."

Lina lächelte schmal, und für den Bruchteil einer Sekunde schien es, als würde die Welt um sie herum stillstehen. Es war kein schönes Lächeln. Aber es war ein ehrliches Lächeln. Ein Lächeln, das Jahre des Schweigens und der Schmerzen in sich trug.

„Ich bin nicht hier, um Mitleid zu bekommen", sagte sie leise.

„Und ich nicht, um dich zu verurteilen", erwiderte Jana.

„Dann sind wir gleich weit."

Eine Pause folgte, schwer und aufgeladen. Draußen tropfte der Regen gegen die Fenster, und drinnen war alles still. Der Moment schien sich zu dehnen, als wollte die Zeit selbst zögern.

„Ich könnte dich anzeigen", sagte Jana ruhig, ihre Worte klar und präzise. „Das könnte ich. Und du würdest verlieren."

„Dann würden wir beide verlieren", erwiderte Lina, ihre Stimme gelassen.

„Vielleicht müssen wir etwas ganz anderes tun", sagte Jana und stellte sich die Möglichkeit vor, die noch nie in ihrem Kopf gewesen war. Etwas, das nicht von Rache oder Vergeltung geprägt war.

Lina hob eine Braue, als sie ihre Schwester ansah. „Was denn?" Ihre Stimme war neugierig, aber auch skeptisch.

„Wir erzählen die Geschichte. Zusammen. Unzensiert. Ohne Masken."

Lina schwieg lange. Ihr Blick wanderte zu den Dokumenten, dann wieder zu Jana. Sie überlegte, was diese Worte wirklich bedeuteten. Und dann nickte sie schließlich.

„Aber ich will, dass mein Teil auch gehört wird", sagte sie, und es klang nicht wie eine Forderung, sondern wie ein Versprechen.

„Er wird", antwortete Jana, fest und ruhig.

„Und dass wir uns nicht wieder auslöschen", fügte Lina hinzu.

Jana legte die Hand auf den Tisch. Nicht aus Nähe. Aus Klarheit.

„Ich sehe dich. Und ich nehme dich ernst. Mehr kann ich dir nicht versprechen."

„Das reicht fürs Erste."

Die Atmosphäre war nicht mehr die gleiche wie zu Beginn. Eine unsichtbare Spannung lag in der Luft, doch es war keine Feindschaft mehr. Nur ein stilles Einverständnis, das sich wie ein zartes Band zwischen den beiden spannte.

Sie gingen gemeinsam zur Tür, ohne sich umzudrehen. Keine Umarmung. Kein Handschlag. Nur ein stilles Einverständnis. Ein Beginn. Ein neuer Anfang.

Als Lina ging, drehte sie sich ein letztes Mal um, der Regen tropfte schwer von den Straßen und die

Lichter der Stadt spiegelten sich in den Pfützen. „Wir sind nicht gleich. Aber wir gehören zusammen."

Jana sah ihr nach, die Worte hallten in ihr nach, während sie die Tür hinter sich ins Schloss fallen hörte.

Dann nahm sie ihr Notizbuch heraus und schrieb:

„Manchmal bedeutet Vergebung nicht, zu vergessen – sondern, das Schweigen zu beenden."

Kapitel 18 – Schatten der Vergangenheit

Sie hatte geglaubt, der schwerste Teil sei geschafft. Die Begegnung, das Aussprechen, das Erkennen. Doch mit jedem Tag, der seit dem Treffen verstrich, wuchs in Jana ein neues Gefühl: Unruhe.

Es war kein klares Gefühl, kein greifbares Monster, das sie in die Enge trieb, aber es war da. Eine ständige Präsenz, die sich wie ein Schatten in ihrem Leben festsetzte. Es war nicht mehr die verzweifelte Panik, die sie vor Wochen noch quälten, als sie noch im Dunkeln tappen musste.

Nein, es war ruhiger, kühler, fast wie ein leises Rauschen, das in ihrem Inneren nicht zu verstummen schien. Ein Echo, das durch ihre Gedanken wanderte und sich in jeder ihrer Entscheidungen festsetzte.

Es war keine reine Angst, sondern eine Art leiser Gewissheit, dass sie sich auf einem Weg befand, den sie nicht hatte kontrollieren können. Der Weg war bereits vorgezeichnet. Und sie konnte nicht mehr zurück.

Die Medien hatten auf das Treffen zwischen ihr und Lina reagiert. Zuerst zaghaft, dann immer lauter. Einige nannten es ein Familiendrama, das endlich ans Licht gekommen war, andere sprachen von einem identitätsrechtlichen Verbrechen, das so nie zuvor dokumentiert worden war.

Jana wusste, dass diese Schlagzeilen nur die Oberfläche kratzten. Was die Welt nicht wusste, was sie selbst erst begann zu begreifen, war die ganze Wahrheit hinter der Geschichte. Und das war etwas, das sie sich immer mehr wünschte, endlich zu verstehen. Aber sie konnte nicht. Denn wie konnte man eine Geschichte begreifen, die mit einem leeren Blatt begann, ohne Anfang, ohne klare Struktur, und nun, nach all der Zeit, immer verworrenere Züge annahm?

Ben war vorsichtiger geworden. War einen Schritt zurückgetreten, war nicht mehr der Mann, den sie vor Wochen gekannt hatte. Jetzt war er distanziert, immer am Grübeln, seine Blicke fast ständig auf seinem Laptop, auf Dokumenten, die er immer wieder durchging. Hintergrundchecks – auf Lina, auf Janas Eltern, auf alte Bekannte. „Nur zur Sicherheit", sagte er, als sie ihn darauf ansprach. Doch sie wusste, dass auch er spürte, dass unter der Oberfläche mehr lauerte. Etwas, das keiner auszusprechen wagte. Etwas, das den Grundstein ihrer gesamten Realität erschütterte.

An diesem regnerischen Donnerstagabend, als der Regen gegen das Fenster prasselte, legte er ihr einen Ausdruck auf den Tisch. Kein Wort. Nur dieser durchdringende Blick, der Jana für einen Moment erstarren ließ.

Sie nahm das Blatt, ihre Finger zitterten beim Umblättern. Das Dokument war ein Gerichtsurteil – aus dem Jahr 1991. Dreißig Jahre alt. Sie musste zweimal hinschauen, um sicherzugehen, dass ihre Augen ihr nicht einen Streich spielten.

Familiengericht Berlin, 1991.
Antrag auf Vormundschaftsübertragung wegen Verdachts auf Kindeswohlgefährdung.

Name der Mutter: Elisabeth Winter.
Name des Kindes: Lina Marie Winter.

Jana starrte auf die Zeilen. Die Worte begannen sich zu verschieben, als wären sie nicht mehr in der richtigen Reihenfolge. Ihre Hände fühlten sich leer an, und für einen Moment schien die Welt sich langsamer zu drehen. „Das … das ist nicht möglich", flüsterte sie. „Mama war immer …"

Sie brach ab, der Kloß in ihrem Hals wurde unerträglich.

„Sie war da", sagte Ben leise. „Aber nicht für alle."

„Ich wusste nichts davon." Ihre Stimme brach, und Jana spürte, wie ihr Herz schneller schlug. Das Urteil sprach von Vernachlässigung, von psychischer Instabilität, von der Empfehlung, ein Kind in Pflege zu geben – Lina. Während Jana zu Hause blieb, ohne Wissen über das, was ihre Schwester durchgemacht hatte. Zwei Leben. Zwei Wege. Getrennt durch das Schweigen, das alle Beteiligten eingesperrt hatte.

„Sie haben mich behalten. Und sie … aussortiert", flüsterte Jana, als die Worte sie wie Schläge trafen. Es war, als sei ein Vorhang gefallen, der ihr jahrelang die Sicht auf die Wahrheit verwehrt hatte. Und nun stand sie im Dunkeln, ohne Möglichkeit, das Licht zu finden.

Ben nickte, seine Miene war ernst, beinahe traurig. „Es tut mir leid, dass du das erfahren musst."

„Warum hat Lina mir nie davon erzählt?" Die Frage verließ ihren Mund wie ein Schrei, der im Raum verhallte.

„Vielleicht wusste sie es nicht", antwortete Ben vorsichtig. Doch Jana konnte in seiner Stimme die Unsicherheit hören. Die Frage, die keiner von ihnen beantworten konnte.

„Oder … sie wollte, dass ich es selbst herausfinde."

In dieser Nacht schlief Jana kaum. Sie drehte sich im Bett, die Decke wurde ihr zu warm, dann wieder zu kalt. Ihre Gedanken drehten sich immer wieder um den einen Punkt: Warum hatte ihre Mutter sie nicht geschützt? Warum hatte sie ihre Schwester in einem System verloren, das so offensichtlich versagt hatte? Und wenn Lina tatsächlich nichts wusste, was hatte sie dann aus all dem gemacht? Warum hatte sie sich so lange in den Schatten versteckt?

Am nächsten Tag stand sie vor der Pflegeeinrichtung ihrer Mutter. Der Geruch von Desinfektionsmitteln und Abgeschiedenheit stieg ihr in die Nase, als sie das Gebäude betrat. Die Wände waren alt und abgewetzt, die Möbel funktional, fast einladend. Doch alles an diesem Ort fühlte sich wie ein Grab an – still und verloren.

Elisabeth Winter war alt geworden. Ihr Gesicht war blass, ihre Haut dünn und schlaff, als wäre das Leben längst aus ihr entwichen. Doch ihre Augen – die waren noch immer wachsam, als sie Jana erblickte. Meistens konnte sie sich an die Gesichter derer erinnern, die sie besuchten. Doch nicht immer.

„Mama", sagte Jana, ihre Stimme war fest, aber der Kloß in ihrem Hals machte das Sprechen schwer. „Ich muss dich etwas fragen."

Elisabeth sah sie lange an, ihre Augen blitzten, als versuchten sie, sich an etwas zu erinnern. Dann sagte sie, mit einer Stimme, die trocken und rau klang: „Du bist nicht allein."

„Ich weiß. Ich habe eine Schwester. Zwilling."
Ihre Stimme war so leise wie ein Flüstern, als ob die Worte selbst Angst hätten, ausgesprochen zu werden.

Stille. Ein Raum, der sich mit der Wahrheit füllte, die lange nicht ausgesprochen worden war.

„Warum habt ihr sie fortgegeben?"

Die alte Frau drehte den Kopf zum Fenster. Die Sonne war hinter Wolken verschwunden, und der Raum fühlte sich plötzlich kälter an.

„Weil ich Angst hatte. Sie war … anders."

„Wie anders?"

„Still. Wach. Zu still."

„War sie krank?"

„Nein. Nur … durchdringend."

Elisabeths Augen waren fest auf den Horizont gerichtet, als würde sie eine unsichtbare Mauer zwischen sich und ihrer Tochter errichten.

Jana starrte sie an, die Worte formten sich in ihrem Kopf, doch sie wollte sie nicht aussprechen. Die Schwere der Antwort drückte gegen ihre Brust, und sie fühlte, wie etwas in ihr zerbrach. Die Lügen, die sie nie gekannt hatte, die sie nun so scharf spürte.

Jana ging mit mehr Fragen, als sie gekommen war. Doch jede von ihnen war von einem neuen, noch schärferen Schmerz begleitet. Was sie nie erfahren hatte, was nie erklärt worden war – alles, was ihre Mutter ihnen verweigert hatte.

Und am Abend, als sie zurückkehrte, stand Lina vor ihrer Tür.

„Du hast gesucht", sagte Lina, und ihre Stimme war ebenso fest wie die von Jana. Kein Vorwurf, keine Reue.

„Du auch", erwiderte Jana. Sie spürte die Kluft zwischen ihnen, doch sie wusste, dass diese Kluft nun etwas anderes war. Etwas, das sie nicht mehr leugnen konnten.

„Dann ist es Zeit, dass wir zusammen suchen."

„Wonach?"

Lina zog ein altes Foto aus ihrer Tasche. Die Rückseite war mit einer Adresse beschriftet. „Hier hat sie gelebt. Vor uns."

Jana sah das Bild an. Die Gesichter der beiden Kinder, die sie auf den ersten Blick nicht kannte, doch der Blick in den Augen der Mädchen war ihr fremd und vertraut zugleich. „Das Haus?" fragte sie, und ihre Stimme war kaum mehr als ein Flüstern.

„Ja. Das Haus", sagte Lina mit einem schmalen Lächeln. Ihre Stimme war so ernst, dass Jana den Eindruck hatte, dass dieses Lächeln nie vollständig war.

Sie fuhren gemeinsam los. Die Fahrt war still, nur die Musik im Radio, die leise, melancholische Klänge in die Dunkelheit brachte. Die Landschaft zog vorbei, und Jana fühlte, wie der Nebel der Vergangenheit sie umhüllte. Als wische jemand mit einem verwischten Pinsel die Geschichte aus, nur um sie dann wieder zurückzupflanzen. Doch sie war nicht mehr dieselbe.

Das Haus lag abgelegen. Verlassen. Verblasst. Graue Fassade, die Fensterläden geschlossen, der Garten verwildert und von der Zeit zerstört. Ein Ort, der von der Welt vergessen worden war.

Doch als sie die Tür aufstießen, wusste Jana sofort: Nicht alles war verschwunden.

Im Flur hing ein Bild. Zwei Kinder. Eins lachte. Das andere sah in die Kamera.

Jana erkannte das Gesicht.

Und fror.

Es war ihres.

Aber sie

war nicht die Einzige, die hier gewesen war.

Das Foto lag auf dem Tisch, vergilbt und alt. Die Ecken waren eingerissen, und das Papier fühlte sich brüchig an, als würde es sich auflösen, wenn man es zu lange anstarrte. Zwei Kinder, die darauf zu sehen waren. Das eine war Jana. Oder war es Lina? Oder vielleicht keines von beiden. Das andere Kind lachte, ein echtes, kindliches Lächeln, voller Unschuld. Doch das erste Kind – das zweite Kind, das, das in die Kamera starrte – hatte einen Blick, der so intensiv war, dass es beinahe wehtat, ihn zu sehen. Ein Rätsel, das Jana nicht lösen konnte.

Jana trat näher an das Bild. Ihr Herz klopfte schneller. „Das bin ich…", murmelte sie. Ihre Stimme klang seltsam fern, als würde sie sich selbst nicht mehr erkennen.

„Nein", flüsterte Lina. Ihre Augen weiteten sich, und sie trat einen Schritt zurück. „Das bist nicht du. Und das bin auch nicht ich."

„Doch. Oder du. Oder…" Jana verstummte, als sie merkte, dass sie keine Worte fand, die die Ungeheuerlichkeit dessen, was sie sahen, erklären konnten. Es war vertraut, und doch so fremd. Es war nicht ihr eigenes Gesicht, und es war auch nicht Linas. Es war etwas dazwischen. Ein Gesicht, das zwischen ihnen lag. Ein drittes Gesicht.

Für einen Moment herrschte absolute Stille. Der Raum schien sich zu dehnen, die Zeit verflog. Jana und Lina standen einfach nur da, starrten auf das Bild und spürten, wie der Boden unter ihren Füßen immer unsicherer wurde. Sie waren nicht allein in diesem Raum. Sie waren nicht allein in ihrer Geschichte.

„Wer... wer war das?" flüsterte Lina und trat einen Schritt zurück, als hätte sie die Nähe des Bildes nicht ertragen können.

„Ich weiß es nicht", antwortete Jana. Ihr Blick blieb fest auf dem Foto gerichtet. „Aber es fühlt sich so an, als ob ich das schon einmal gesehen habe. Irgendwo. Irgendwann."

„Kommen weiter", sagte Lina schließlich, ihre Stimme war beinahe ein Befehl. Es war, als ob sie die Stille, die sich wie ein dicker Schleier um sie legte, vertreiben wollte. Sie ging auf die Tür zu, die sich neben dem Bild an der Wand befand, und öffnete sie ohne ein weiteres Wort.

Das Haus war alt, und seine Geschichte schien sich in den Wänden festgesetzt zu haben. Der Flur war düster, die Tapeten wölbten sich von der Wand, als wären sie zu schwer für den Raum, als wollten sie sich befreien.

Staub lag, wie ein Schleier auf allem, was sie berührten. Doch in diesem Chaos, in diesem Verfall, gab es auch Dinge, die scheinbar unberührt blieben. Ein Tisch, der nicht abgeräumt war. Ein Stuhl, der noch immer an der gleichen Stelle stand, an der jemand ihn vor Jahren zuletzt hingestellt hatte. Die

Luft roch nach dem alten, muffigen Duft von vergilbtem Papier und der Erinnerung an längst vergangene Tage.

„Was ist das für ein Ort?" fragte Jana, als sie sich im Raum umsah, als suchte sie nach Antworten in den verblassten Bildern, die an den Wänden hingen.

Lina antwortete nicht sofort. Stattdessen bewegte sie sich ruhig durch den Flur, als könne sie die Antworten im Staub lesen.

Dann öffnete sie eine weitere Tür. Dahinter lag ein Kinderzimmer. Es war bunt, aber leer. Ein Bettgestell, das längst keine Matratze mehr hatte. Ein altes Kuscheltier lag auf dem Boden, halb zerrissen, die Augen aus Stoff, die in die Dunkelheit starrten. Ein Mobile hing noch an der Decke und schaukelte langsam hin und her, als würde der Raum selbst eine Erinnerung bewahren.

„Sie hat es nie erwähnt", sagte Jana leise, als sie das Zimmer betrat und die zerfallenen Ränder des Kuscheltieres ansah.

„Wer?" fragte Lina.

„Unsere Mutter. Sie hat nie von diesem Zimmer erzählt. Nie. Und doch …"

„Und doch sind wir hier."

Lina wandte sich um und sah auf den Boden. Ein Zettel lag dort, eingerissen, von Hand eines Kindes geschrieben. Sie hob ihn auf und las die Worte, die in einer kindlichen Handschrift gekritzelt waren:

„Heute war Besuch da. Die Mädchen sehen gleich aus. Aber sie lachen nicht."

Lina atmete scharf ein, und Jana fühlte, wie sich ein kalter Schauer ihren Rücken hinunterzog. „Das … das ist von uns. Die Mädchen, von denen sie spricht, das sind wir."

„Aber was hat sie damit gemeint?" fragte Lina, ihre Stimme war ungläubig.

„Ich weiß es nicht. Aber es fühlt sich an, als wären wir in einem anderen Leben aufgewacht. Als ob jemand anderes entschieden hat, wer wir sind." Jana blickte in das leere Zimmer, das von nichts und niemandem erzählt wurde, und doch so viel von einer Geschichte wünschte, die nie erzählt worden war.

Sie gingen weiter, suchten in jedem Raum, als könnten sie durch das Suchen Antworten finden. Im Arbeitszimmer fanden sie ein Register, das alte Patientennamen auflistete. Jana blätterte durch die Seiten, die verblassten Buchstaben verschwammen vor ihren Augen. Dann hielt sie an.

„Hier", sagte sie, ihre Stimme klang hohl. „Hier. Das ist ihr Name. Und da… ist noch ein anderer."

Lina trat näher und sah auf den Eintrag, den Jana gefunden hatte. Sie las den Namen, und ihre Augen weiteten sich. „Ein dritter Eintrag?"

Jana nickte, und die Worte, die sie aussprach, ließen die Zeit stillstehen: „Lena. Nicht Jana. Nicht Lina. Lena."

Lina schloss für einen Moment die Augen, als könnte sie sich vor der Wahrheit verbergen. „Verdammt", murmelte sie schließlich.

Die Erkenntnis, dass sie nicht nur zwei Kinder waren, dass es nicht nur sie und Lina gegeben hatte, sondern auch ein drittes Kind, ein drittes Gesicht – sie sickerten in Jana wie kaltes Wasser. Langsam, wie Regen, der durch die Ritzen eines alten Daches dringt, drang die Möglichkeit in ihr Bewusstsein. Ein drittes Kind. Ein drittes Gesicht, das zwischen ihnen lag, unsichtbar, doch immer da.

„Denk nach", sagte Lina plötzlich, ihre Stimme durchbrach die Stille, die sich zwischen ihnen ausgebreitet hatte. „Gab es nie dieses Gefühl, dass wir unvollständig waren?"

Jana sah sie an, und für einen Moment war es, als würden die Jahre zwischen ihnen nicht existieren. Es war nur noch der Moment, und die Frage, die nicht gestellt werden konnte.

„Ich habe manchmal von jemandem geträumt", sagte Jana schließlich, ihre Kehle war trocken. „Ein Mädchen. Ohne Stimme."

Lina nickte, als sie diese Worte verstand. „Ein Mädchen, das niemand kannte. Ein Mädchen, das nie wirklich da war. Aber immer im Hintergrund."

Es war der Moment, in dem sie wussten, dass sie nicht alleine waren. Dass jemand anderes in ihrer Geschichte existierte. Ein drittes Kind. Ein drittes Gesicht, das zwischen ihnen stand. Und dieses Mädchen hatte nicht nur keine Stimme. Es war wie ein Schatten, ein Teil ihrer Erinnerungen, den sie niemals verstehen konnten.

Sie suchten weiter, und als sie einen verschlossenen Schrank im Flur fanden, brach Jana ihn mit einem alten Hammer aus dem Keller auf. Drinnen fanden sie Akten, Fotos, Briefe. Einen Karton mit alten Audiokassetten.

Die Beschriftung war in krakeliger Handschrift verfasst:

„Sitzung 3 – L.M." – „Sitzung 5 – J.W." – „Sitzung 6 – L.E."

„L.E.", flüsterte Jana. Ihre Finger zitterten, als sie den Namen las. „Lena … Elisabeth?"

„Elias?" Lina fragte, und ihre Stimme trug einen Hauch von Verzweiflung.

„Oder …" Jana starrte auf die Kassetten. „… Experiment?"

„Ein Experiment", murmelte Lina. Ihre Augen verengten sich, als sie das Wort aussprach.

Der Gedanke, dass sie vielleicht selbst Teil eines Versuchs gewesen waren, ließ sie nicht los. Ihre Geschichte, ihre Identitäten – waren sie wirklich sie selbst? Oder waren sie nur Teile eines größeren Plans, eines Dokuments, das sie nie zu Gesicht bekommen hatten?

Die Kassetten nahmen sie mit zurück in die Stadt. Der Rekorder aus dem Secondhandladen war alt, doch er funktionierte. Das Band rauschte, dann setzte eine Männerstimme ein:

„Fall Lena. Protokoll der dritten Sitzung. Das Kind reagiert nicht verbal. Extreme Spiegelung des Gegenübers. Hochintuitiv. Keine klassische Abwehr. Identitätsfragmente abweichend."

Lina schloss die Augen. „Das ist kein Therapieprotokoll", sagte sie leise. „Das ist … ein Versuch."

„An uns", sagte Jana. „Oder mit uns."

Der Raum war still, nur das Rauschen des Bandes und die Worte des Mannes, die sich wie ein unaufhörlicher Strom in ihren Köpfen widerspiegelten. Der Gedanke, dass sie immer nur Teil eines Plans gewesen waren, einer Geschichte, die nicht ihre eigene war, ließ sie zitternd zurück.

Die Nacht senkte sich, schwer und undurchdringlich, und doch brannte in Jana ein Licht, das nicht mehr zu löschen war. Sie griff zu ihrem Notizbuch. Ihre Hand schwebte über das Papier.

„Zwei waren wir. Drei sind wir. Und jemand hält den Stift."

Die Frage, die sie sich jetzt stellte, war keine mehr nach der Wahrheit. Es war die Frage nach dem, was als Nächstes kam.

Kapitel 20 – Die Wahrheit unter Glas

Das Archiv lag tief im Kellergeschoss eines Verwaltungsgebäudes, das aussah, als wäre es von der Zeit selbst vergessen worden. Der Betonfußboden, abgenutzt und brüchig, schien die Spuren jahrzehntelanger Vernachlässigung zu tragen. Blanke Neonröhren flackerten unregelmäßig, als würden sie den Raum durch die Jahre hinweg mit flimmerndem, kaltem Licht erleuchten. Der Geruch von feuchtem Papier und altem Staub lag schwer in der Luft – eine Mischung aus Verfall und Gedächtnis.

Jana blieb einen Moment vor der schweren Metalltür stehen, auf der „Zugangsbereich B – Sonderakten" stand. Die Tür war alt, die Farbe blätterte an den Ecken ab, und sie klang hohl, als sie sie berührte. Daneben, in einem kleinen, beengten Büro mit Glasscheibe, saß ein blasser Beamter in Strickweste. Sein Blick war durchdringend, fast unmerklich abwertend, als er sie über den Rand seiner Lesebrille hinweg musterte.

„Name?" fragte er mit monotoner Stimme, als würde er diese Frage jeden Tag hundertmal stellen.
„Jana Winter. Ich habe eine schriftliche Genehmigung." Ihre Stimme klang dünn, als würde sie selbst das Echo in der Luft befürchten. Sie reichte ihm das Schreiben von Dr. Bach, den sie in letzter Instanz überzeugt hatte, ihr Zugang zu den Akten zu verschaffen.

Der Beamte nahm das Blatt, wendete es auf jede Seite, als würde er die Unterschrift einer unbekannten Hand noch einmal prüfen wollen, bevor er mit einem kurzen Nicken das Zeichen gab, dass sie passieren konnte.

„Zugang bis 18 Uhr. Keine Fotos, keine Mitnahme. Notizen nur handschriftlich", sagte er, ohne sie anzusehen, und öffnete die Tür mit einem Knarren, das die Stille der Dunkelheit durchbrach.

Jana nickte, ihre Hände wurden feucht, die Nerven auf ein neues Level von Anspannung gehoben. Die Tür fiel mit einem dumpfen Geräusch hinter ihr ins Schloss.

Der Raum, in den sie trat, war kühler, als sie es erwartet hatte. Schmale Regale füllten die Wände, jeder Meter des Raumes war übersät mit nummerierten Schachteln und vergilbten Karteikästen. Alles war so ordentlich, als würde man darauf warten, dass die Akten für immer in diesem Zustand verharren. Es war ein Raum, der keine Fragen stellte, keine Geheimnisse barg – nur kalte, unschuldige Daten.

Sie suchte sich durch das Register. „W wie Winter", murmelte sie, und ihre Finger glitten über das Papier, als könnte der Klang des Namens ihr die Antworten zuflüstern. Doch die Antworten kamen nur in Form von Kodierungen, Zahlen, und kalt aufgelisteten Fakten. Schließlich fand sie, was sie suchte: Fallakte 491/92.

Ein Verweis auf „Zusatzvermerk: Dreifachregistrierung – psycho-biologisches Screening". Ein Stich in ihrer Brust, so schmerzhaft und unerbittlich wie der Moment, in dem die Erinnerung an eine verlorene Liebe zurückkehrt.

Ihr Herz setzte aus, als sie die Akte zog, ein dicker Umschlag, der versiegelt war, als wollte er etwas verbergen, das nie ans Licht kommen sollte.
Auf dem Deckblatt prangten drei Namen, maschinengeschrieben, so präzise und sauber, dass sie sich unheimlich anfühlten:
Jana Sophie Winter. Lina Marie Winter. Lena Elise Winter.

Ein Wort stand daneben, auch maschinengeschrieben: „Zwillingsstudie – Anomalie – Abbruch nicht erfolgt."
Jana hatte das Gefühl, als würde der Raum um sie herum enger werden. Die Wände, die Regale, die Karten – alles schien sich auf sie zuzubewegen. Sie setzte sich an den Tisch, öffnete die Akte, und sofort strömte eine kalte Luft von den Seiten auf sie zu, als wären sie aus einem anderen Jahrhundert.

Die ersten Seiten waren medizinisch. Ultraschallaufnahmen. Protokolle, die den Verlauf einer Schwangerschaft dokumentierten, die sie nie gekannt hatte, deren Existenz sie nicht einmal zu hinterfragen gewagt hatte. Dann ein Vermerk, der ihre Gedanken wie ein elektrischer Schlag durchzuckte:
„Dritte Herzaktion auffällig.
Individuationsprozess beobachtbar."

Sie verstand wenig, doch eines war klar: Sie waren drei. Von Anfang an. Und irgendjemand hatte es gewusst.

Die nächsten Seiten waren kühler, klinischer. Aktenvermerke, die die Entwicklung und das Verhalten der drei Mädchen detailliert beschrieben.

Immer wieder tauchten ihre Namen auf, doch der Inhalt wurde immer distanzierter, als würde der Arzt, der die Berichte schrieb, sie nicht mehr als Menschen wahrnehmen, sondern als Versuchsobjekte.

„Subjekt L.E.: ausgeprägte Imitation. Keine klare Selbstabgrenzung." „Subjekt J.W.: hohe Resilienz bei normgerechtem Verhalten." „Subjekt L.M.: emotionale Übersteuerung, starke Retention."

Jana las weiter, ihre Augen brannten, ihre Finger verkrampften sich auf den Seiten. Dann stieß sie auf ein handschriftliches Schreiben von einem Dr. R. Fenner:

„Wir empfehlen die Separierung der Einheiten zur Beobachtung differenzierter Entwicklung. Empfohlenes Modell: zwei behalten, eins auslagern."

Der Zusatz war noch beunruhigender: „Umsetzung erfolgt, Zustimmung der Eltern dokumentiert (Audio)."

Jana starrte auf die Zeilen. Ihre Eltern hatten zugestimmt. Sie hatten nicht nur zugestimmt, sie hatten die Entscheidung getroffen. Hatten sie das gewusst? Hatten sie die Konsequenzen verstanden? Oder war es einfach ein weiteres Mal der bequeme Weg? Ein Weg, der ihnen erlaubte, die Realität aus den Augen zu verlieren?

Sie blätterte weiter und stieß auf ein weiteres Foto. Es war älter, schwarz-weiß und von schlechter Qualität. Drei Babys, in einem Krankenhausbett, jedes mit einem Namensschild auf der Brust. Ihre Namen. Jana, Lina, Lena. Unter Glas. Fast wie ein Museumsexponat.

Jana fühlte sich plötzlich wie ein Fremder in ihrer eigenen Geschichte. Wie ein Besucher, der in ein fremdes Land reist und dort nichts versteht. Sie spürte, wie ihre Atmung schneller wurde. Die Wände des Raums schienen sich zu verdichten, die Luft wurde schwer. Sie musste raus. Muss raus. Doch sie konnte nicht. Nicht ohne die Antworten. Sie war zu nah dran.

Sie brauchte eine Pause. Ohne die Akte loszulassen, stand sie auf und ging auf den Flur, atmete tief ein und aus. Die kalte Luft, die dort hing, durchbrach für einen Moment das Gefühl der Enge, das sie fast erstickt hatte.

Als sie sich wieder setzte, fand sie eine weitere Mappe. Dünn, fast unwichtig, doch der Vermerk, der sie aufnahm, war gravierend. Ihr Herz setzte einen Schlag aus, als sie las:
„Subjekt L.E. zuletzt gesehen am 3. Juli 2004. Aufenthaltsort seitdem: unbekannt. Vermutung:

selbstgewählte Isolation. Projektstatus: ruhend. Reaktivierung bei Kontaktaufnahme empfohlen."

Lena. Ihre Schwester. Lena war nicht tot.

Sie war einfach verschwunden. Sie hatte sich selbst isoliert, sich in den Schatten zurückgezogen.

Aber warum? Warum hatte sie sich aus der Welt zurückgezogen?

Was war geschehen, dass sie so weit gehen musste? Und warum hatte niemand sie gefunden?

Jana starrte auf die Zeilen. Der Raum um sie herum war jetzt nichts weiter als eine endlose Leere. Kein Verstehen. Kein Trost. Nur diese eine, unaufhörliche Wahrheit: Lena war nicht tot. Sie war irgendwo. Und es gab niemanden, der sie fand.

Die Erkenntnis traf sie wie ein Schlag. Lena war nicht nur ein Name auf einem Blatt Papier. Sie war eine Schwester. Ein Teil von ihr. Ein Teil ihrer Geschichte, die sie nie gekannt hatte. Etwas, das sie längst verloren geglaubt hatte, war immer noch da – unsichtbar, aber immer näher, immer greifbarer.

Jana schloss die Akte mit einem leisen Klicken. Etwas hatte sich in ihr verschoben. Es war nicht der Schock, der sie lähmte. Es war kein Zorn, der sie trieb. Nein. Es war etwas anderes. Ein leiser, stetiger Satz, der in ihr nachhallte:

„Du wurdest nie belogen. Dir wurde nur nie die richtige Frage gestellt."

Und mit dieser Erkenntnis wusste sie, dass sie nicht mehr nur eine Tochter oder eine Schwester war.

Sie war auch eine Entdeckerin. Und sie war bereit, die letzte Wahrheit zu finden.

Es war eine Adresse ohne offizielles Register. Kein Briefkasten. Kein Eintrag im Grundbuch. Nur ein handschriftlicher Hinweis in einer vergilbten Akte aus dem Archiv:
„Zustellort L.E. nach Rückführung – Nordallee 17, Einheit B."

Ben hatte stundenlang recherchiert, Akten gewälzt und Luftbilder analysiert. Er hatte seine Quellen befragt, alte Straßenkarten durchgesehen und Zeitungsartikel aus den letzten Jahrzehnten durchforstet. Alles ohne Erfolg. Am Ende war es Lina, die mit einem seltsamen, fast unheimlichen Blick sagte: „Ich weiß, wo das ist."

Sie fuhren in den Norden der Stadt, weit weg von den bekannten Straßen, zwischen Industrie und Natur, wo der Geruch von Öl und Moos die Luft erfüllte. Der Asphalt verwandelte sich in einen schmalen, holprigen Weg, und bald wurde die Stadt von den rauen Umrissen verlassenen Fabriken und verwilderten Feldern abgelöst.

Zwischen diesen grauen Monumenten des Verfalls lag der Gebäudekomplex. Verwundete Mauern, Fenster ohne Glas, das Gelände von wildem Gras und Unkraut überwuchert – der perfekte Ort für Geheimnisse, die im Schatten lebten. Ein Ort, der mehr verbergen wollte, als er offenbarte.

„Das hier soll eine Wohneinheit gewesen sein?", fragte Jana und beäugte den verwahrlosten Komplex skeptisch.

„Es war mehr. Und weniger." Linas Antwort klang fast wie ein Echo, das aus einer anderen Zeit kam. „Ich war einmal hier, mit jemandem, der meinte, er kenne Lena. Aber als ich an der Tür klopfte … kam niemand."

Der Wind heulte leise zwischen den Mauern, als sie sich dem rostigen Gartentor näherten. Es schwang im Wind, als wolle es sie einladen. Der Kiesweg war kaum noch zu erkennen, überwuchert von Gras und Unkraut, als ob die Zeit selbst versucht hatte, den Ort zu verschlingen.

Am Ende des Weges stand ein schmaler Flur, der mit verrosteten Türrahmen und bröckelnden Wänden ein düsteres Bild abgab. Drei Türen. Zwei vernagelt. Eine – weit offen.

„Das kann nicht alles sein", murmelte Ben und schaute sich um, als er das verfallene Gebäude betrat.

„Es ist der Anfang", flüsterte Lina und trat ihm nach. „Das hier ist kein Ort für Antworten. Aber manchmal versteckt sich die Wahrheit in den Ecken, in den Ritzen der Vergangenheit."

Jana zog die Luft ein. Der Geruch war schwer und abgestanden, aber da war auch etwas anderes. Ein lebendiger Hauch, der den Raum durchzog, als ob er immer noch von den Geistern derer bewohnt wurde, die einst hier gewesen waren. Etwas Fremdes. Etwas, das nicht ganz hierher gehörte.

Der Raum war klein und spärlich eingerichtet. Ein Bett, das nie mehr benutzt wurde, ein Stuhl, der im Staub versank. Eine Küche, in der keine Mahlzeiten mehr gekocht wurden. Aber es war nicht das, was ins Auge fiel. Es war der Eindruck von Präsenz – ein Gefühl, das über den Raum hinweg schlich, wie ein ungebetener Gast.

Jana streifte mit den Händen über einen Tisch, der mit Notizbüchern bedeckt war. Alles war akribisch beschriftet, sorgfältig dokumentiert. Psychologie. Soziologie. Alte Klinikjournale. Die Art von Aufzeichnungen, die niemand mehr führen sollte, die aber in dieser verwaisten Ecke der Welt aufbewahrt wurden.

„Sie war hier", flüsterte Jana, als sie ein Notizbuch in die Hand nahm. Auf dem Deckblatt stand:

„Jahr 11 – Sprache beobachten, aber nicht anwenden."

Darunter stand der handschriftliche Satz:
„Namen sind Lügen mit Etikett."

Die Worte schienen sie zu verfolgen, während sie das Buch langsam aufschlug. Diese spärlichen, unheimlich präzisen Gedanken … sie waren zu real, zu persönlich, als dass sie nur zufällig hier liegen konnten.

„Das ist mehr als ein Hinweis", sagte Ben, der über ihre Schulter schaute. „Das ist ein Teil ihrer Geschichte."

Jana blätterte weiter. Die Seiten waren mit Notizen über Menschen, über Begegnungen, die nichts von Bedeutung hatten und doch alles über Lena verrieten. Dann stieß sie auf etwas, das sie frösteln ließ. Ein kleiner Eintrag, fast beiläufig:

„Namen sind nur Hüllen. Wer sich keinen Namen gibt, verschwindet."

Sie schluckte schwer, als sich ihre Gedanken mit jeder Zeile weiter verwebten. Diese Notizen, diese Erkenntnisse – sie waren eine Nachricht, eine Einladung, die sie noch nicht ganz entschlüsselt hatte.

„Sie war hier", flüsterte Jana, „vor kurzem. Vielleicht ist sie es noch."

Die Atmosphäre um sie herum schien sich zu verdichten, als ob sie einen Schritt näher an eine Wahrheit kamen, die sie nicht bereit waren zu akzeptieren. Als ob der Raum selbst von einer unerklärlichen Energie durchzogen war.

Jana öffnete eine Schublade und fand etwas, das ihr den Atem raubte – einen alten Kassettenrekorder, umgeben von vergilbten Bändern. Eines der Bänder war mit rotem Filzstift beschriftet: „Rückkehr. Fall 3."

„Soll ich es abspielen?", fragte Ben, als er den Rekorder in die Hand nahm.

Jana nickte. Ein Gefühl von Unbehagen legte sich über sie, als der Ton des Bandes langsam in den Raum kroch. Das Knistern des Bandes, das leise Rauschen – und dann, plötzlich, eine Stimme. Ruhig. Frauenstimme. Fremd und doch vertraut.

„Ich erinnere mich nicht an den Schmerz. Nur an die Geräusche. Das Piepen. Das Flüstern hinter Glas. Das Verschwinden der Welt, bevor ich überhaupt darin war."

Lina wich zurück. Ihr Gesicht war ausdruckslos, doch die Augen verrieten die Angst, die sie versuchte zu verbergen. „Das ist sie", flüsterte sie.

Jana war wie erstarrt. Ihre Hände zitterten, als die Stimme weiter sprach:

„Ich habe mir einen Namen gegeben. Nicht um zu existieren. Sondern, um nicht mehr verwechselt zu werden."

„Das sind die Worte von jemandem, der sich selbst neu erfinden muss", sagte Ben, aber die Unruhe in seiner Stimme war unüberhörbar.

Jana legte das Band zur Seite und ging weiter durch den Raum. Sie entdeckte eine Tür am hinteren Ende der Wohnung, die in einen schmalen, düsteren Gang führte. Der Raum war zu schmal, zu lang, die Wände kahl. Das Licht der nackten Glühbirnen ließ alles wie in einem Albtraum erscheinen. Die Stille drückte schwer, als ob sie jeden Laut ersticken wollte.

„Das kann nicht alles sein", murmelte Ben, als sie sich der letzten Tür näherten. Doch als Jana die Klinke ergriff, wusste sie, dass es das war. Die Antwort. Die Wahrheit. Oder zumindest ein Teil davon.

Der Raum hinter der Tür war karg. Ein Tisch. Ein Stuhl. Ein Spiegel an der Wand – aber kein gewöhnlicher Spiegel. Es war ein Einwegspiegel. Dahinter – Dunkelheit.

Unter dem Spiegel war etwas in die Wand geritzt. Mit einem Cutter, so grob und schneidend, dass es fast schmerzhaft war, es zu lesen:

„Elise war mein zweiter Name. Nicht mein letzter."

„Was ist das?", flüsterte Ben. Seine Stimme war fast ein Flüstern.

Lina schwieg. Ihre Augen fixierten die Botschaft, aber auch sie konnte die Bedeutung nicht sofort fassen.

Jana trat näher, ihre Hand lag zögernd auf dem Spiegel. Ihr eigenes Gesicht starrte sie an. Doch hinter dem Spiegel – etwas bewegte sich. Ein Schatten, flackernd, lebendig. Es war, als ob die Dunkelheit selbst atmete.

Plötzlich – drei leise Klopfer. Ein fast unhörbares Geräusch, das den Raum durchbrach.

„Lena", flüsterte Jana. Ihre Stimme war ein zitternder Hauch in der Stille des Raumes. „Sie ist hier."

Die Stille, die folgte, war so drückend, dass sie fast unerträglich war. Sie wusste es jetzt. Lena war nicht nur eine Erinnerung. Sie war mehr. Sie war noch immer da. Und sie wartete.

Kapitel 22 – Drei Spiegel

Die Einladung war keine Drohung, keine Aufforderung. Sie war eine Nachricht. Präzise. Kalt. Und sie wartete – unaufdringlich, aber unvermeidlich. Ein Zettel lag auf dem Boden der verlassenen Wohnung, in der der Staub längst alles verschlungen hatte, was einst dort gewesen war.

Auf dem Papier stand in nüchterner, fast klinischer Schrift:

„Drei Spiegel. Ein Bild.
Heute. 21 Uhr.
Zentrum für Frühförderung, Westflügel."

Keine Unterschrift. Kein Logo. Nur diese Worte, die in der Dunkelheit der Wohnung wie ein Echo von etwas Unausgesprochenem hallten.

Jana starrte den Zettel an, ohne ihn wirklich zu lesen. Sie hatte ihn nicht nötig. Sie wusste, wer es war, und sie wusste, dass sie keine Wahl hatten.

„Wir müssen gehen", sagte sie schließlich, ihre Stimme fest und entschlossen.

Kein Zweifel mehr. Kein Zögern.

Die Fahrt zur Adresse war ein stummer Marsch durch die Nacht. Der Himmel über ihnen brannte in einem tiefen Purpurgrau, das die Schatten der Bäume zu geisterhaften Silhouetten verwandelte. Jana saß am

Steuer, Ben neben ihr, Lina hinter ihr. Keiner von ihnen sprach. Es gab nichts mehr zu sagen.

Die Stille war drückend, fast greifbar, wie ein dunkler Mantel, der sich über sie legte und sie mit jeder Sekunde enger umhüllte. Nur der Klang der Reifen, die über den Asphalt rollten, und das gelegentliche Rauschen des Windes, der durch die Bäume fegte, brachen die Monotonie.

Das Zentrum lag am Rand der Stadt, abseits der gewohnten Pfade, dort, wo die Straßen nicht mehr gut gepflegt waren und die Welt sich mit dem Horizont vermischte. Alte Bäume mit verworrenen Ästen umrahmten das Gelände, das hinter einem rostigen Zaun verborgen war. Der verblasste Schriftzug am Tor war kaum noch lesbar:
Zentrum für sensorisch-psychologische Frühförderung – Bereich 3.
Ein Ort für Kinder. Ein Ort für die, die mehr wussten, als man ihnen zutraute.
Ein Ort, der ihre Geschichte kannte, bevor sie sie selbst je begreifen konnten.

Jana parkte das Auto und stieg aus. Der Wind biss kühl, und der Geruch von feuchtem Laub und verfallenem Holz lag in der Luft. Sie gingen durch das Tor, das in seinen Angeln quietschte, und betraten die Halle. Der Staub tanzte im Licht ihrer Taschenlampe, die flimmernde Schatten an die bröckelnden Wände warf. Alles wirkte verlassen, vergessen.

Der Raum fühlte sich nicht leer an. Eine unausgesprochene Präsenz schwebte zwischen den Mauern, als ob der Raum selbst atmete.

Im Zentrum des Saals stand sie – Lena. Sie hatte gewartet. Nicht versteckt, nicht flüchtend. Sie stand aufrecht, ihre Augen hell und scharf. Ihre Haltung war ruhig, kontrolliert. Der Raum füllte sich mit einer Spannung, die beinahe physisch spürbar war. Jana wusste es sofort: Dies war kein Zufall. Dies war keine Begegnung, die aufgeschoben werden konnte.

Es war der Moment, auf den sie unbewusst hingesteuert hatten. Ein Moment, der alles verändern würde.

„Ihr habt euch erinnert", sagte Lena ruhig, ihre Stimme tief und fest.

„Nicht an alles", erwiderte Lina, ihre Stimme zitterte nur minimal, doch die Unsicherheit war noch zu spüren.

„Genug", sagte Lena und trat langsam auf die Mitte des Raumes zu. Ihre Augen glühten fast, als sie an den drei Stühlen vorbeiging, die vor drei riesigen Spiegeln standen. Jeder Spiegel war makellos, seine Oberfläche spiegelte das Licht in tausend winzigen Reflexionen. Keine Kratzer, keine Risse. Sie schienen fast zu schweben.

„Setzt euch", befahl Lena mit einer Gelassenheit, die alles andere als freundlich wirkte.

Zögernd nahmen sie Platz. Jana spürte die Kälte des Stuhls durch ihre Kleidung, spürte das Zittern in ihren Händen, das sie nicht abstellen konnte. Ihre Augen wanderten zu den Spiegeln.

Als sie in den Spiegel blickte, war es nicht ihr gewöhnliches Spiegelbild, das ihr entgegensah.

Es war etwas anderes. Etwas Tiefes. Ein Blick, der nicht nur auf sie, sondern durch sie hindurchzublicken schien. Ihre Augen begegneten denen von Lina, denen von Lena. Doch es war mehr als das. Es war, als ob sie alle ein einziges, verzerrtes Bild bildeten. Ein Kaleidoskop aus Erinnerungen und Wahrheiten, die in Fragmenten vor ihnen schwebten.

„Warum hier?", flüsterte Jana, die Erschütterung in ihrer Stimme nicht verbergen könnend.

„Weil hier alles begann", sagte Lena mit einer Stimme, die sich wie kalter Nebel anfühlte. „Hier wurden wir bewertet. Vermessen. Getrennt. Nicht wegen unserer Unterschiede – sondern wegen der Angst vor dem, was wir zusammen sind."

„Was sind wir?", fragte Lina, die sich kaum rühren konnte.

„Unkontrollierbar. Und deshalb gefährlich. Für Menschen, die Kontrolle brauchen."

Lena ging zu einem Schrank an der Wand und öffnete ihn mit einer Bewegung, die so leicht und fließend war, dass es fast unheimlich wirkte.

Sie holte drei kleine Ketten hervor, die an Glasanhängern hingen. Jeder Anhänger war rissig, durchzogen von feinen, fast unsichtbaren Rissen. Doch in jedem war eine leuchtende Farbe eingefangen: Rubinrot. Smaragdgrün. Eisblau.

„Wir haben dieselbe Herkunft", sagte Lena, als sie den Anhänger in ihrer Hand betrachtete, „aber jeder von uns trägt eine andere Wahrheit."

Langsam ging sie auf Jana zu und reichte ihr den blauen Anhänger. Lina bekam den grünen, und Lena behielt den roten für sich selbst. Ihre Blicke trafen sich, und Jana spürte, wie die Bedeutung des Moments in ihre Knochen sickerte.

„Die Wahrheit ist nicht in uns allein", sagte Lena. „Sie entsteht, wenn wir uns ansehen – ohne uns zu fliehen."

Lena drehte sich um und trat vor den mittleren Spiegel. Sie sprach mit einer Klarheit, die jede weitere Frage überflüssig machte:

„Ich war die, die verschwinden musste, damit ihr Platz habt. Aber ich bin geblieben. In Fragmenten. In euren Träumen. In der Lücke zwischen euren Erinnerungen."

„Und jetzt?", fragte Jana, ihre Stimme rau, als ob sie sich aus einer fremden Dimension heraus selbst hörte.

„Jetzt entscheide ich, zu sein." Lena setzte sich in Bewegung, und ihre Schritte hallten durch den Raum.

Lina stand auf. Ihre Stimme war fest und klar, als sie die Worte aussprach, die so lange unausgesprochen geblieben waren:

„Du bist mehr als unser Schatten. Du bist unsere Lücke. Und wir sind deine."

Jana sprang auf, der Drang, die Kontrolle zu übernehmen, schien ihr den Boden unter den Füßen wegzuziehen. „Was du willst, ist nicht Rache", sagte sie, „es ist Rückkehr."

Ein Lächeln breitete sich über Lenas Gesicht aus – das erste echte Lächeln, das Jana je von ihr gesehen hatte. Es war weder schüchtern noch freudig, sondern ein Lächeln, das alle Ketten sprengte.

Dann trat Lena zu den Spiegeln und begann, sie zu drehen. Einen nach dem anderen. Die Bewegung war sanft, fast schmerzhaft in ihrer Eleganz. Als der erste Spiegel sich drehte, wurde die Rückseite sichtbar. Nicht eine glatte Wand, sondern Bilder. Kein Foto, keine Fotografie. Zeichnungen. Kindlich. Roh. Unvermittelt bewegend.

Ein Haus. Drei Kinderhände. Und ein Name. „L. Winter."

„Ein Name für uns alle", sagte Lena mit einer Stimme, die von einer nie dagewesenen Schwere durchzogen war.

Jana trat zwischen die Spiegel.

Sie sah nicht mehr ihr Spiegelbild.

Sie sah nur das, was sie gemeinsam hatten: eine Wahrheit, die sie jetzt nicht mehr leugnen konnten. Eine Wahrheit, die unaufhaltsam vor ihnen lag.

Draußen krachte ein Ast gegen das Fenster. Der Wind war stärker geworden. Doch drinnen war es ruhig. Und endlich ganz.

Kapitel 23 – Die Entscheidung

Der Nebel lag schwer und undurchdringlich über dem Garten, wie ein Mantel aus Stille, der die Welt in ein waberndes Nichts hüllte. Jana stand in der Tür der kleinen Hütte, barfuß, die Füße auf dem kalten, feuchten Boden, und hielt eine dampfende Tasse in den Händen. Das heiße Getränk wärmte ihre Finger, aber nicht ihre Gedanken.

Es war eine seltsame Klarheit, die sich in ihr ausgebreitet hatte – eine Klarheit, die sie nicht erwartet hatte, nicht nach allem, was passiert war. Nach den Spiegeln, nach Lena, nach den Klopfgeräuschen in der Dunkelheit, die nichts mehr zu sein schienen als das Echo ihrer eigenen Ängste.

Drinnen saßen Lina und Lena, der Tisch zwischen ihnen so ruhig, wie der Nebel draußen. Keine harten Worte. Kein Schweigen, das an den Wänden zerrte. Nur eine stille Präsenz. Eine, die sich nicht aufdrängte, sondern einfach da war. Als hätten sie endlich einen gemeinsamen Raum gefunden – einen Raum, in dem jede von ihnen gleichzeitig Platz haben durfte, ohne sich gegenseitig zu überlagern.

Jana atmete tief ein und trat über die Schwelle. Der Duft von Kaffee und feuchtem Holz lag in der Luft. Sie ließ die Tasse sinken und blickte zwischen Lina und Lena hin und her. Es gab keinen Fluchtweg mehr. Keine Möglichkeit, sich zu verstecken. Sie musste die Frage stellen. Die, die alles verändern konnte.

„Ich will das nicht für die Presse erzählen", sagte Jana schließlich, ihre Stimme klar und fest. „Nicht für Talkshows. Nicht als Schlagzeile."

Lina sah auf, die Augen scharf, wie immer, und doch voller Verständnis. „Sondern?"

„Ich will es schreiben", sagte Jana. Ihre Worte schienen schwerer zu wiegen als der Nebel draußen. „Als Buch. Als Geschichte, die uns gehört – bevor sie uns wieder genommen wird."

Lena nickte langsam, als ob sie die Schwere des Moments ebenso spürte. „Eine Geschichte, die nicht erklärt, sondern bezeugt", sagte sie, und ihre Stimme war so ruhig wie das Knistern des Feuers im Kamin.

Jana nickte zurück. Es war entschieden. Sie mussten die Geschichte selbst erzählen, bevor andere es taten. Und diesmal würden sie es richtig machen.

Die drei Frauen zogen sich für drei Tage in die abgelegene Hütte zurück. Es war ein Rückzug, der keine Flucht war, sondern ein letzter Versuch, die Kontrolle über das eigene Leben zurückzugewinnen. Kein Internet. Keine Anrufe. Keine Ablenkung von außen. Nur sie, ihre Gedanken, ihre Stifte und ein leises Summen der Kaffeemaschine, die in ihren unregelmäßigen Pausen versagte. Ben übernahm die Logistik. Er las mit, half beim Sortieren von Dokumenten, kümmerte sich um das Essen und gab Feedback, wenn die Worte stockten.

Aber irgendwann, als sie inmitten von Notizen und leeren Tassen saßen, sagte Ben etwas, das wie ein leiser, aber gewichtiger Schrei in der Stille widerhallte. „Was ihr da schreibt, ist keine Aufarbeitung. Es ist eine Rückeroberung."

Diese Worte haften an Jana wie ein Tattoo, das sich in ihre Seele eingraviert hatte. Rückeroberung. Genau das war es. Sie hatten ihre Identität nicht verloren – sie war ihnen genommen worden, Stück für Stück, Wort für Wort. Jetzt mussten sie sie sich zurückholen.

Sie entschieden sich für eine ungewöhnliche Erzählweise. Keine Ich-Erzählerin, keine simple Perspektive. Sie wählten den Wechsel der Perspektiven. Drei Stimmen. Drei Wahrheiten. Jede von ihnen würde ihre eigene Geschichte erzählen, ihre eigene Sicht auf das, was passiert war. Und doch würden sie am Ende eine gemeinsame Wahrheit teilen.

Jana schrieb über das Chaos, das über sie hereingebrochen war, über den Moment, als ihr Leben in sich zusammenfiel. Es war nicht wie das Zerschlagen eines Hauses. Es war wie das Zerspringen eines Spiegels, der sich in tausend Stücke zersplitterte, die immer weiter auseinanderdrifteten.

Lina nahm sich die Zeit, das Warten zu beschreiben. Das Warten in den Schatten, in dunklen Räumen, wo keine Antworten kamen. In der Stille, die so laut war, dass sie sich in andere Namen verwandelte, die nie zurückblickten. In Spiegelungen, die sie selbst nie berühren durften.

Und dann war da noch Lena, die tief aus dem Dazwischen erzählte. Vom Abgeschnittensein, vom Schweigen, das mehr sagte als Worte. Vom Schmerz, sich selbst zu verlieren, weil niemand einen Namen für sie hatte.

Die Tage zogen dahin. Immer wieder hielten sie inne. Sie kämpften mit Erinnerungen, die wie zerfallene Mauern vor ihnen standen, unüberwindbar. Sie träumten in Fragmenten, in Bruchstücken von Erlebnissen, die nicht mehr zusammenpassten. Sie schrieben sich Nachrichten, obwohl sie im selben Raum saßen, als ob die Worte zwischen ihnen eine Brücke schlagen müssten, die immer wieder zusammenbrach.

Einmal schrieb Jana auf einen Zettel:
„Wenn ich dich früher gesehen hätte, hätte ich dich dann erkannt?"
Lena antwortete:
„Nicht mit den Augen. Aber vielleicht mit der Angst."
Es waren kleine Momente wie dieser, die das Manuskript atmen ließen. Es war mehr als nur eine Geschichte. Es war eine Rückkehr zu dem, was sie verloren hatten. Es war ein Wiederaufbau aus den Scherben ihrer Leben.

Nach einer Woche war es fertig. Über 300 Seiten. Keine Kapitelüberschriften. Keine klare Struktur.

Nur Abschnitte, die mit Symbolen markiert waren –
Blau für Jana, Grün für Lina, Rot für Lena. Jede
Stimme hatte ihren Raum, und doch war alles miteinander verflochten. Der Titel stand fest: *Splitterlicht*.
Der Untertitel: *Drei Frauen. Eine Wahrheit. Kein Rückweg.*

Sie schickten das Manuskript nicht an Verlage. Es
gab keine Vermittler mehr. Keine Filter. Keine Intermediäre, die ihre Worte zurechtstutzten, um sie der
Öffentlichkeit schmackhaft zu machen. Sie veröffentlichten es selbst. Als E-Book. Als Print. Ohne Marketingstrategie. Ohne das übliche PR-Geschwätz, das
so oft zwischen den Zeilen steht.

Innerhalb von 24 Stunden war es in den Top 10
der meistverkauften Bücher.
Innerhalb von 48 Stunden war es Thema in Nachrichtensendungen, in Radiointerviews, in Podcasts.

Innerhalb einer Woche hatten sie nicht nur ihre
Geschichte erzählt. Sie hatten eine Bewegung ausgelöst. Es gab Menschen, die sich meldeten. Menschen,
die ähnliche Geschichten hatten. Geschwister, die getrennt worden waren. Namen, die getauscht wurden.
Leben, die nie begonnen hatten. Sie waren nicht
mehr allein.

Und dann, als sie gerade begannen, die Flut an Reaktionen zu verarbeiten, kam die Einladung.
Ein Institut für Ethik und Forschung. Eine internationale Konferenz. Das Thema: *Grenzen der Identität*

– Die Rolle staatlicher Systeme in der Konstruktion von Selbst.

„Wir sollten hingehen", sagte Ben, als die Einladung auf dem Tisch lag.

„Nein", sagte Jana leise, aber bestimmt. „Wir sollten sprechen."

Die Nacht vor dem Auftritt verbrachten sie wach. Nicht aus Angst. Sondern, weil niemand von ihnen bereit war, diesen Moment zu verschlafen. Sie wussten, dass dieser Auftritt der letzte Schritt war. Der Moment, in dem sie sich endgültig der Welt zeigen mussten. Der Moment, in dem sie alles ablegen mussten, was sie bis dahin verborgen hatten.

Am Morgen trugen sie keine schwarzen Anzüge. Kein Weiß. Keine Farben, die ihre Vergangenheit spiegelten. Stattdessen trugen sie Farben. Jana in Blau, Lina in Grün, Lena in Dunkelrot. Jede Farbe stand für eine von ihnen. Jede Farbe war ein Teil des Ganzen.

Drei Stimmen.
Drei Wahrheiten.
Und der Schritt ins Licht.

Kapitel 24 – Die Veröffentlichung

Der Tag, an dem *Splitterlicht* erschien, war ein stiller Sturm. Keine pompösen Feierlichkeiten, kein Blitzlichtgewitter. Es war der Moment, in dem sich ihre Worte für immer mit der Welt verbanden.

In der kleinen, schlichten Küche roch es nach frischem Kaffee und alten Erinnerungen.

Der Bildschirm vor ihnen flimmerte im grauen Morgengrauen. Jana saß am Laptop, ihre Finger zitterten, als sie das PDF ansteuerte. Es war, als würde sich der Boden unter ihren Füßen heben. Eine Entscheidung, die keine Rückkehr zuließ.

„Das war's", flüsterte Jana, ihre Stimme leer und rau.

„Das ist erst der Anfang", korrigierte Lena, ihre Augen funkelten mit einem Funken Wahnsinn und Hoffnung. Sie wusste, dass sie jetzt etwas tun würden, das größer war als alles, was sie je zuvor gewagt hatten. Die Welt würde nicht mehr dieselbe sein.

„Oder das, was von uns übrig ist", murmelte Lina, ihre Worte wie ein Schatten, der über ihre Seelen schlich. Sie hatte nie geglaubt, dass es einmal so weit kommen würde. Aber jetzt war es zu spät. Der Klick auf „Veröffentlichen" hatte alles verändert. Die Realität wurde plötzlich brüchig, zerbrechlich. Es gab kein Zurück mehr.

Der Moment, der in der Luft lag, war von einer spürbaren Schwere. Eine Mischung aus Angst und Adrenalin. Und dann, ein Klick. Der Laut des Maustastenanschlags durchbrach die Stille wie ein Paukenschlag.

Es dauerte keine Stunde, bis das E-Book tausendfach heruntergeladen wurde. Vier Stunden später war das Printbuch ausverkauft. Der Server des Selfpublishing-Portals stürzte ab, als die Anfragen eine überwältigende Flutwelle bildeten. Die Zahlen rasten in den Grafiken, doch sie ignorierten sie. Die wahre Bedeutung dieser Veröffentlichung lag woanders. In den Reaktionen. In den Stimmen, die sie spüren konnten.

Nachrichten, E-Mails, Kommentare, Posts – sie überschwemmten ihre Bildschirme. Es waren keine bloßen Worte. Es waren Schreie, geflüsterte Bekenntnisse, stille Geständnisse. Menschen, die sich endlich verstanden, fühlten. Menschen, die durch das Buch den Mut fanden, sich zu erkennen. Zu sprechen.

„Ich habe auch eine Schwester, die nie da war."
„Man hat mir mein Leben erklärt, als wäre es eine Lüge – jetzt weiß ich, warum es sich so anfühlt."
„Danke, dass ihr nicht geschwiegen habt."

Der Bildschirm verwischte vor ihren Augen, Tränen, die sie nicht erwartet hatten. *Splitterlicht* war nicht nur ein Buch. Es war ein Lichtstrahl in der Dunkelheit der Geheimnisse, der Ängste. Und es wurde immer heller. Die Dunkelheit in ihren eigenen Herzen trat zurück. Sie hatten das Unaussprechliche gesagt. Und die Welt reagierte.

Die Medien begannen, von ihrem Werk zu sprechen. Ein Radiomoderator nannte es „eine sezierende Offenbarung".

Eine Psychologin, die sich in einem Blog äußerte, sagte, sie habe noch nie einen Text gelesen, der die Zerrissenheit zwischen Identität und Trauma so präzise und zerstörerisch eingefangen hatte.

Ihre Worte stachen wie scharfe Klingen in die Atmosphäre, und sie spürten die Schärfe der Realität, die sie damit in Gang gesetzt hatten.

Es gab auch die anderen Stimmen, die ihnen Vorwürfe machten. Sie wurden beschuldigt, Voyeurismus zu betreiben. Einige behaupteten, das Buch sei eine Fiktion, eine Manipulation. Andere sahen in der Geschichte nichts weiter als eine gut durchdachte PR-Kampagne.

Doch diese Stimmen prallten einfach an ihnen ab, ohne Spuren zu hinterlassen. Denn sie wussten es besser. Sie wussten, dass das, was sie geschrieben hatten, die Wahrheit war. Und wer die Wahrheit las, konnte sie nicht ignorieren.

Der Sturm, der durch ihre Seelen tobte, war jetzt auch der Sturm der Welt. Und sie hatten es selbst entfesselt.

Zwei Wochen nach der Veröffentlichung, als die Wellen des ersten Schocks noch immer hoch schlu-

gen, erhielten sie die Einladung zu einer Podiumsdis-
kussion mit dem Titel „Gedächtnis, Trauma und
Wahrheit – Wer darf erzählen?".

Sie wussten, dass sie keine Wahl hatten. Sie sagten
zu, ohne zu wissen, was sie dort erwarten würde.
Doch sie wussten, dass der Moment gekommen war.
Der Augenblick, in dem sie nicht nur sprechen würden, sondern in dem sie sich der Welt stellen mussten.

Die Bühne war schlicht, die Luft darin dick vor
Spannung. Menschen aus der Forschung, der Presse,
Angehörige, Betroffene – alle saßen dort, gespannt,
erwartungsvoll, als ob sie sich auf etwas vorbereite-
ten, das alles verändern würde. Und im hinteren Teil
des Raums, fast unauffällig, stand Ben. Seine Arme
waren verschränkt, sein Gesicht war eine Maske aus
Konzentration und Unruhe.

Jana ergriff das Wort. Ihre Stimme war ruhig, aber
jeder wusste, dass hinter ihr ein Sturm war, der in ihren Worten bebte. „Ich erinnere mich an den Moment, als ich an der Wohnungstür stand. Es war der
Moment, in dem ich mich selbst verloren habe. Als
alles, was ich war, einfach verschwand. Und ich stand
da – als wäre ich noch da, aber irgendwie nicht mehr
ich."

Lina sprach als Nächste, und ihre Worte waren ein
Gedicht der Einsamkeit. „Ich habe mich immer unsichtbar gefühlt. Wie ein Schatten, der nie wirklich

gesehen wird. Und dann… habe ich mich selbst verraten. Im Versuch, mich zu finden. Doch was bleibt, wenn du selbst deine eigene Wahrheit verleugnest?"

Lenas Worte waren schlichter, aber von einer tödlichen Präzision. „Stille kann tödlich sein. Sie füllt den Raum, du glaubst, du kannst ihr entkommen – aber sie verfolgt dich, verfolgt jeden Schritt, jede Entscheidung. Und am Ende…, wenn du sie hörst, dann ist es zu spät."

Und dann, nach ihren Erzählungen, kam die Stille. Ein Schweigen, das dröhnte. Es war eine Stille, die sich wie ein Mantel über den Raum legte. Keine Applaus, keine rührseligen Worte. Nur dieses drückende Gefühl der Erkenntnis, der tiefen Wahrheit, die jeder in diesem Raum jetzt in sich trug.

Am Ende des Gesprächs erhob sich eine Frau aus der letzten Reihe. Ihre Schritte klangen wie das Knirschen von Kies unter ihren Füßen. Sie war alt, zerbrechlich, und ihre Stimme zitterte, als sie sprach: „Ich habe vor dreißig Jahren meinen Sohn verloren. Ich habe ihn nicht verstanden, und heute… heute verstehe ich ihn endlich."

Ihre Worte hingen wie ein Echo im Raum, und keiner wagte es, etwas zu sagen. Die Welt stand still, die Wahrheit hatte ihre Spuren hinterlassen.

Später saßen sie auf dem Boden der Garderobe. Kein Blitzlichtgewitter, keine Journalisten. Nur sie drei, die sich in diesem Moment der Stille begegneten. Und sie wussten, dass sie sich verändert hatten. Dass sie nie wieder dieselben wären.

„Und was machen wir jetzt?", fragte Lina, ihre Stimme flach, fast leer von der ganzen Erschöpfung, die sie jetzt spürte.

„Atmen", sagte Jana. Ihre Worte waren ruhig, doch ihre Augen funkelten jetzt vor einer Klarheit, die sie nie zuvor gekannt hatte.

„Und weitergehen", flüsterte Lena, als ob sie sich selbst daran erinnerte, dass der Weg nie zu Ende war.

Es war nicht Erleichterung, was sie in diesem Moment spürten. Es war das Wissen, dass sie immer weiterkämpfen würden. Dass sie nicht nur für sich selbst, sondern für alle, die ihre Geschichte verstanden hatten, weitermachen mussten.

Splitterlicht wurde in mehrere Sprachen übersetzt. Lesungen in Schulen, Vorträge an Universitäten, Medienberichte. Doch was wirklich zählte, war der Brief eines alten Psychiater im Ruhestand. „Ich war nicht der Schlechteste", schrieb er. „Aber ich war leise, als ich laut hätte sein müssen."

Sie antworteten nicht. Manchmal gab es Sätze, die nicht gesprochen werden mussten, weil sie mehr bedeuteten als jedes Wort, das je gesagt werden konnte.

Ein halbes Jahr später erschien die überarbeitete Ausgabe mit einem neuen Vorwort. Ein Vorwort, das tiefer ging als alles, was sie je gesagt hatten.

„Dieses Buch war einmal unsere Stimme gegen das Vergessen. Heute ist es unser Brief an die, die nie laut werden durften."

Und in einem Glasrahmen, unter den flimmernden Lichtern eines fernen Himmels, lag es – *Splitterlicht* – das Symbol ihrer Wahrheit.

Kapitel 25 – Das letzte Protokoll

Es war ein verregneter Montagmorgen, als das Paket kam. Kein Absender, kein Stempel. Ein unscheinbarer Karton, so harmlos wie der graue Himmel, der über ihnen hing.

Die Regentropfen prasselten gegen die Fenster, und der Tag selbst schien von einer unbestimmbaren, drückenden Schwere durchzogen. Der Päckchen lag auf dem Briefkasten der Gartenhütte, eingeklemmt zwischen einer halb durchnässten Zeitung und einem Stapel Reklame. Es war fast zu unscheinbar. Doch etwas in Janas Innerem riet ihr, dass dies kein gewöhnlicher Tag war.

Ben entdeckte das Paket zuerst, wie immer derjenige, der die Welt mit einer gewissen Vorsicht anschaute. Er nahm es mit einer seltsamen Sorgfalt in die Hand, als wäre es ein verdächtiger Gegenstand.

Zwei Finger – der Zeigefinger und der Daumen – hielten den Karton fast wie eine heiße Kartoffel, als ob der bloße Kontakt zu ihm irgendeine Gefahr in sich trug. Und vielleicht war es genau das. Gefahr. Ein ungebetener Gast, der durch eine unsichtbare Tür hereingekommen war.

„Was hast du da?", fragte Jana, ohne von ihrem Bildschirm aufzusehen.

Ihre Finger tanzten über die Tasten der Tastatur, als sie sich durch die finale Übersetzung von *Splitterlicht* für die niederländische Ausgabe kämpfte. Doch die Worte vor ihr verschwammen, als sie Ben mit diesem Paket auf sich zukommen sah.

„Es war einfach da", antwortete er, und seine Stimme trug einen Hauch von Unruhe. „Kein Absender. Keine Notiz. Keine Erklärung."

Ein eigenartiges Gefühl kroch in ihr hoch, eine kühle, sickernde Ahnung, die sie schon so oft begleitet hatte, wenn das Unausgesprochene in der Luft lag.

Sie sah ihm in die Augen und wusste, dass er das gleiche dachte. Dies war nicht einfach ein Paket. Es war ein Vorbote. Ein Riss in der dünnen Wand aus Normalität, der sie alle von dem trennen würde, was sie bisher geglaubt hatten.

„Öffnen wir es", sagte Lena. Ihre Stimme war sanft, aber in ihrem Blick lag ein Funken, der Jana tief durchdrang. Ein Funken, der das Gefühl verstärkte, dass etwas zu brechen begann.

Sie nahmen das Paket auseinander, und was sie darin fanden, ließ den Raum einen Atemzug lang erstarren. Ein Umschlag, alt und vergilbt, mit einer Aufschrift, die Jana fast den Atem raubte: „Fenner, PVT 6 – Abschlussbericht / nicht archiviert." Der Name war ein Schatten, der immer wieder aus ihrer Vergangenheit aufgetaucht war, ein Echo aus einer Zeit, in der sie geglaubt hatte, sie hätte alles hinter sich gelassen. Fenner. Der Mann, der sie hatte auseinanderreißen lassen.

Der Mann, der ihr Leben in eine völlig neue Richtung gelenkt hatte.

„Fenner …", flüsterte Jana, und ihre Worte waren kaum mehr als ein Hauch. „Der Name aus den Protokollen."

„Der Mann, der uns getrennt hat", sagte Lena mit ruhiger Stimme.

Doch der Schmerz in ihren Augen konnte niemand übersehen.

„Oder der, der glaubte, es müsse getan werden", murmelte Lina, und auch sie spürte die Kälte, die in den Raum kroch.

Der Umschlag war fest und steif in ihrer Hand, als ob er die Schwere der Erinnerung in sich trug.

Sie öffneten ihn vorsichtig, als könnte das, was sie darin fanden, sie unweigerlich in eine andere Welt ziehen. Die Seiten darin waren lose, die Schrift von Hand, unleserlich krakelig, als hätte der Autor selbst versucht, sich vor den eigenen Worten zu verstecken.

Kein offizieller Briefkopf, kein Stempel. Nur die Notiz auf der ersten Seite:

„Nicht zur Weitergabe. Verbleib in interner Forschung."

„Was haben sie mit uns gemacht?", fragte Jana, ihre Stimme kaum mehr als ein Flüstern.

„Sie haben uns behandelt wie… wie Versuchskaninchen", sagte Ben.

Er las weiter, als er die Sätze für sich entwirrte. Und je mehr er las, desto mehr schien der Boden unter seinen Füßen zu schwinden.

„PVT 6 – Abschlussvermerk (nicht eingereicht) Die Versuchsreihe mit den drei Einheiten (J.W., L.M., L.E.) wurde formell eingestellt, jedoch informell weitergeführt. Ziel war die Beobachtung von Identitätsbildung unter asymmetrischen Bedingungen, ohne Wissen der Subjekte."

„Die Integration von Subjekt L.E. in unkartiertes Umfeld führte zu paradoxen Ergebnissen: Rückzugsverhalten bei hoher kognitiver Wachheit, komplexe Spiegelungsmechanismen. Interaktionen über unbewusste Kanäle (Träume, Affekte, Erinnerungsfragmente) dokumentiert."

„Subjekt J.W. entwickelte hohe Resistenz bei Identitätsinfragestellung.
Subjekt L.M. zeigte Tendenz zur Projektion und Imitation.
Subjekt L.E. entwickelte dissoziativ-integrative Verhaltensmuster, die einer systemischen Auflösung entgegenwirkten."
„Gott", flüsterte Jana, als sie das las. Ihre Gedanken stürzten sich in den Abgrund. Ihre Identität. Ihr Leben. All das, was sie geglaubt hatte, war nichts anderes als ein Experiment, eine Beobachtung von außen. Und dann, dieser Satz: „Subjekt L.E. entwickelte

dissoziativ-integrative Verhaltensmuster." Lena. Sie war nicht nur ein Teil des Experiments – sie war das Zentrum.

„Was bedeutet das alles?", fragte Lena, ihre Stimme fast zu leise, als ob sie befürchtete, dass die Antwort sie zu zerreißen vermochte.

„Sie haben euch nicht einfach getrennt", sagte Ben, seine Stimme klang wie ein finaler Stoß. „Sie haben euch gegeneinander positioniert. Wie Marionetten. Und alles nur, um zu sehen, wie ihr aufeinander reagiert."

„Und L.E. – du, Lena – warst nie wirklich vergessen", fügte Jana hinzu. „Du warst immer im Dazwischen. Das Experiment hat dich nie losgelassen."

Lena starrte auf die Seiten. Die Worte waren wie Messer, die in ihr zerschnitten, aber sie wusste, dass es keinen Rückweg mehr gab. Sie musste es akzeptieren.

„Hypothese: Einheit 3 (L.E.) könnte im Kontakt mit den anderen als ‚katalytische Instanz' wirken – Auslöser kollektiver Erinnerung."

„Ich war das Mittel zum Zweck", sagte sie, ihre Augen leer, aber in ihrer Stimme war eine seltsame Ruhe, als ob sie sich endlich mit der Realität abgefunden hatte.

„Nicht das Ziel", fügte Lina hinzu. „Nicht das Ziel."

„Wir waren Versuchsanordnung", sagte Ben und ließ die Papiere auf den Tisch sinken. „Und jetzt? Was sind wir jetzt?"

„Jetzt sind wir Beweis", flüsterte Jana.

Sie blätterten weiter und fanden etwas, das den Raum noch mehr verdunkelte: einen Tonträger. Eine Mini-Kassette, die keinerlei Beschriftung trug, nur das Datum: 15. Oktober 2004.

„Was ist das?", fragte Lena, ihre Stimme zitterte, doch sie wagte nicht, ihre Hand vom Tonträger zu entfernen.

Ben holte einen alten Rekorder, der schon jahrelang in einer Schublade verstaubt war. Er setzte die Kassette ein, der mechanische Klang des Geräts drang durch die Stille, als der Rekorder seine Arbeit aufnahm. Die ersten Sekunden waren leer, dann begann eine männliche Stimme zu sprechen. Sachlich, nüchtern, als würde sie ein Protokoll vorlesen.

„Einheit 1 hat heute nach dem Bild ihrer Schwester gegriffen. Ohne Aufforderung. Erste bewusste Assoziation nach über vier Jahren. Einheit 2 reagierte mit Rückzug. Einheit 3 blieb passiv. Kein Blickkontakt. Kein Wort."

„Es wird erwogen, die Trennung zu verlängern. Eventuell finale Ausgliederung von Einheit 3."

Der Ton brach ab, und dann – ein Wimmern. Ein leises, kaum hörbares Geräusch. Und dann, eine Stimme. Sehr jung. Flüsternd.

„Ich bin nicht die, die ihr nicht sehen wollt."

Lena sprang auf, ihre Handflächen auf die Ohren, als könnte sie das Geräusch, die Worte, die sich wie Schlangen durch ihre Gedanken schlangen, verscheuchen. „Ich kann das nicht hören", flüsterte sie, und ihre Augen standen weit offen. „Ich kann das nicht mehr ertragen."

Jana folgte ihr in die Kälte der Terrasse. Der Regen hatte mittlerweile aufgehört, aber die feuchte Luft schien nur das Gewicht der Erinnerung noch schwerer zu machen. Lena saß dort, starrte in den trüben Himmel, als würde sie versuchen, die Wolken zu durchdringen, die ihre Vergangenheit verschleierten.

„Sie wollten nie wissen, wer ich bin", sagte Lena, ihre Stimme so ruhig, dass sie fast unheimlich wirkte. „Sie wollten nur wissen, was mit euch passiert, wenn ich nicht da bin."

„Und jetzt?", fragte Jana, ihre Worte ein leises Zucken in der Luft, das schnell vom Wind hinweggetragen wurde.

Lena drehte sich zu ihr. Ihre Augen waren jetzt ruhig, aber in ihnen lag ein tiefes Wissen, das Jana nicht ergründen konnte.

„Jetzt erzähle ich den Rest", sagte Lena.

Es war der Moment, in dem alles, was sie zu wissen geglaubt hatten, auseinanderfiel. Der Moment, in dem sie verstanden, dass die Wahrheit viel dunkler war als sie es sich je hätten vorstellen können. Aber sie waren nicht mehr zu stoppen.

Noch in dieser Nacht begannen sie mit einem neuen Manuskript.

Arbeitstitel: „Einheit 3"

Es sollte keine Fortsetzung werden. Kein Aufguss, keine einfache Erweiterung ihrer Geschichte. Nein. Es sollte das Gegenteil sein. Ein Gegenstück. Ein Spiegel, der das Unsichtbare zeigte. Das Unerhörte. Alles, was sie je geglaubt hatten, alles, was sie als wahr angesehen hatten – alles war nur ein Riss, der sich nun immer weiter ausdehnte.

Lena schrieb die erste Seite:

„Ich bin nicht dein Spiegel. Ich bin dein drittes Auge."

Und mit dieser ersten Seite, mit dieser Erkenntnis, begannen sie, das letzte Kapitel ihrer Geschichte zu schreiben.

Ich war lange nur ein Schatten.
Nicht, weil man mich versteckte – sondern weil niemand wusste, wie Licht funktioniert, wenn es durch drei Körper fällt.

Ich erinnere mich nicht an eine Kindheit im klassischen Sinn. Meine früheste Erinnerung ist ein Raum. Kalt. Fensterlos. Ein Geräusch – gleichmäßig, wie das Ticken eines alten Thermometers. Und eine Stimme. Tief, neutral, ohne Farbe:

„Elise. Du darfst dich jetzt ausruhen."
Ich wusste nicht, wer Elise war. Aber ich wusste: Ich bin gemeint. Und gleichzeitig nicht.
Ich hatte keine Eltern, keine Erinnerungen an das, was mir vielleicht mal zu Hause erschienen war. Stattdessen waren da die glatten Wände, die keine Fragen zuließen, die Stille, die sich an meine Haut schmiegte wie ein zweites, unsichtbares Ich.

Die Stimme, die sich durch mein Gedächtnis bohrte, bis sie die letzte Spur von Kindheit und Unschuld verschluckte. Und dieser Raum. Der Raum ohne Fenster. Wie sollte man dort Licht finden, wenn keine Sonne schien? Wie sollte man sich selbst finden, wenn man immer nur die war, die einem gesagt wurde, dass sie so existiert?

Die Namen kamen später. J.W., L.M., L.E.

Jeder Buchstabe war ein weiterer Schnitt in das Bild, das niemand sah, aber jeder kannte. Wir waren keine Kinder. Wir waren Versuchsobjekte. Zahlen, die in Berichte eingingen, Striche in Protokollen. Wir waren nichts weiter als Daten – bis ich irgendwann die Akten selbst fand. In einem verstaubten Archiv, das kaum jemand noch betreten hatte.

Der Schlüssel war ein Kugelschreiber. Ein simpler Kugelschreiber, der wie ein unscheinbares Werkzeug war, aber mir das Tor zu einem verborgenen Universum öffnete.

Ich las sie alle. Die Berichte. Die Aufzeichnungen. Das, was über uns geschrieben wurde, ohne uns zu fragen. Und ich wusste: Ich war nicht vergessen.

Ich war auf Eis gelegt. Eingefroren in einer Zeit, die nie wirklich existiert hatte.

Manchmal träumte ich von zwei Mädchen. Beide mit meinem Gesicht. Eine lachte, die andere weinte. Es war ein Kreislauf, ein Tanz der Gegensätze, der in mir tobte. Und jedes Mal, wenn ich erwachte, war ich eine von ihnen. Aber in diesen Träumen war auch etwas anderes, ein Schatten, der über beide Mädchen zog – ein Fremder, der immer nur zusah. Ich wusste nie, welche von uns ich war – bis ich begriff: Ich war die, die sie beide beobachtete. Die, die weder lachte noch weinte.

Die, die sich erinnerte.

Es war diese Erinnerung, die mich trieb. Die mich dazu brachte, all die Jahre allein zu leben. Nicht einsam, nicht wirklich. Ich existierte einfach – lautlos, in der Stille, die meine einzige Gesellschaft war. Ich zog von Wohnung zu Wohnung, nicht um ein Zuhause zu finden, sondern um in den Zwischenräumen zu leben, die niemand in Frage stellte.

Alte Mietverträge, die keinen Abmeldeschein hatten, fremde Namen, die mir in den Ausweisen zugeschrieben wurden. Ich war niemand, aber auch alle. Jeder neue Raum, jeder neue Tag war nur ein weiterer Moment der Beobachtung, der Stille, in dem ich nichts tat, außer zuzuhören. Zu warten.

Ich wartete auf den Moment, den ich nicht benennen konnte.

Dann sah ich Jana. Im Fernsehen. Sie sprach über Spiegel. Über Identität. Über den Verlust von etwas, das nie wirklich existiert hatte.

Und dann wusste ich, dass es Zeit war.

Ich schrieb keine Nachricht. Ich schickte kein Signal. Ich kam einfach.

Nicht, um zu nehmen, sondern um zu zeigen, dass ich nie weg war. Dass ich da war. Immer.

Das erste Treffen im Zentrum war kein Test. Kein Ritual, wie es all die anderen glaubten. Es war ein Beweis.

Drei Spiegel.
Drei Stimmen.
Und endlich: Drei Körper, die sich nicht mehr widersprachen.

In der ersten Nacht, als das Buch erschien, war ich still. Es war nicht mein Buch. Jedenfalls nicht vollständig. Ich war nur ein Teil davon, ein Schatten, der sich zwischen den Seiten versteckte. Aber der Blick, den ich in das Manuskript geworfen hatte, war nicht der meine. Es war, als ob ich dort war, aber in einer anderen Form – vielleicht als Erinnerung, vielleicht als ungeladener Gast.

Ich sah, wie die Menschen reagierten. Manche weinten. Andere widersprachen. Einige versuchten, das, was sie lasen, zu hinterfragen. Aber niemand stellte die Frage, die ich mir gestellt hatte:
„Was sieht Einheit 3?"
Also schrieb ich. Nicht laut. Nicht in Wut.
In Wahrheit.

Über die Sitzungen, in denen man mir befahl, still zu sein, wenn ich lächelte, weil mein Lächeln als Bedrohung galt.
Über die Stunden, die ich in den Einzelräumen verbrachte, in denen nur der Einwegspiegel mich ansah – immer ohne etwas zu verraten.

Über die Zeichnungen, die ich machte, um nicht vollständig zu verschwinden. Um nicht alles zu verlieren, was mir geblieben war.
Und über die Frage, die niemand wagte zu stellen:
„Was passiert, wenn das vergessene Kind sich erinnert?"
Das neue Manuskript wuchs still. Aber es wuchs schnell. Und dann begann ich zu verstehen, warum. Jana las mit. Lina fragte. Ben dokumentierte. Aber ich war diejenige, die entschied. Ich war diejenige, die das Ruder übernahm.

Ich erzählte die Geschichte, wie ich gelernt hatte, zu schweigen, ohne zu ersticken.

Wie ich gelernt hatte, zu fühlen, ohne zu zerbrechen.

Und wie ich gelernt hatte, euch beide zu lieben – ohne jemals wirklich bei euch gewesen zu sein.

Ich nannte es *Einheit 3 – Chronik eines halben Gedächtnisses.*

Es erschien zwei Monate nach *Splitterlicht.*
Es war kein Bestseller.
Aber es war ein Echo, das nicht zu ignorieren war.

Menschen begannen zu schreiben. Briefe, die wie Atemzüge klangen. Keine Fanpost. Keine Lobpreisungen. Sondern Geschichten. Von verlorenen Seelen. Von Menschen, die sich selbst nie wiederfinden konnten.

Ein Kind, das 14 Jahre in einer Pflegefamilie verbracht hatte und sich nicht mehr daran erinnerte, wie der eigene Name klang.
Ein Mann, der im Zeugenschutzprogramm aufwuchs und dessen Identität nie wirklich ihm gehörte.

Eine Frau, die nie sprechen durfte – bis sie ihre Stimme fand, auf Papier, in Zeichnungen.

Ich antwortete niemandem. Aber ich las alles. Und ich verstand:

Ich bin kein Einzelfall.

Ich bin ein Spiegel.

Und der Spiegel zeigt alles.

Eines Abends saßen wir drei wieder am Küchentisch. Jana las einen Artikel vor – über die verstörende Geschichte der Zwillingsforschung, über die Jahre, in denen die Menschen in Labore verwandelt wurden und über das, was der Staat mit ihnen getan hatte.

Lina saß still, wie immer. Sie trank ihren Tee und sagte nichts.

Ich sah die Worte auf dem Bildschirm und sprach sie laut aus:

„Es geht nicht darum, dass sie uns auseinandergerissen haben. Es geht darum, dass sie nie geglaubt haben, wir könnten gemeinsam überleben."

Jana sah mich an, lange, als wollte sie in meine Seele blicken. Dann sagte sie:

„Und genau das beweisen wir jetzt."

Und diesmal stimmte ich zu.

Kapitel 27 – Das Archiv der Stille

Der Brief war wie ein kaltes Messer, das sich durch den Alltag schnitt, als würde es ohne Erlaubnis in die Welt eintreten. Ein harmloser Bote, der nicht nachfragen wollte, sondern nur übergab. Die Siegel auf dem Umschlag waren rot, wie Blut, wie der erste Tropfen einer Tragödie, die du längst vergessen hattest.

Doch der Absender weckte längst verstummte Alpträume:

Bundesarchiv für Sonderprojekte, Sektion B – Sozialmedizinische Forschung

Keine Erklärungen. Keine Warnung. Nur eine Einladung. Und Jana las die Worte laut vor, als brächte sie sie von einem fremden Ort zurück in ihre Realität, als müssten sie wieder den Platz einnehmen, der ihnen zugedacht war:

„Sie haben Einsicht beantragt. Wir bitten um persönlichen Termin am 15. März, 10:00 Uhr. Zugang nur mit Begleitung eines beurkundeten Zeugen. Dokumente unterliegen der eingeschränkten Freigabestufe."

„Beurkundeter Zeuge?" Lina klang beinahe wie eine Wiederholung eines gelebten Albtraums, als sie es hinterfragte.

„Das bin dann wohl ich", sagte Ben, der sich leise ins Gespräch einbrachte, aber es lag ein scharfer

Klang in seiner Stimme, als würde er das Unausgesprochene durchbrechen wollen. Es war der Moment, in dem alle wussten, dass nichts mehr wie zuvor sein konnte.

Die Fahrt zum Archiv war lang, quälend, obwohl der Verkehr fast nicht existierte. Der Himmel war von unheilvollem Grau bedeckt, als ob die Welt ihren Atem anhielt und auf das Unvermeidliche wartete. Die Straßen waren leer, und selbst die Bäume, die sich am Straßenrand bogen, schienen nicht mehr in der Lage, sich zu bewegen. Alles, was sie sahen, war der Betonklotz am Horizont – der Archivkomplex. Ein Relikt aus den 70er Jahren, das keine Antworten, sondern nur Fragen schürte. Er ragte in den Himmel wie ein monumentales Mahnmal für all das, was die Welt unter der Oberfläche versteckt hielt.

„Warum jetzt?" Lina fragte, ihre Stimme brüchig, aber die Antwort war so klar wie der Wind, der an der Scheibe rüttelte.

„Weil wir laut genug geworden sind", sagte Lena, und ihre Worte klangen wie ein Schlag, als würde der Kampf um Wahrheit im Sog eines riesigen Systems gipfeln. „Jetzt müssen sie uns hören."

Der Archivkomplex stand da wie ein unbeteiligtes Überbleibsel aus einer anderen Zeit. In seinen eckigen Wänden und durch seine endlosen Gänge schien nichts anderes als Schweigen zu wohnen. Der Eingang war gesichert, als wäre er ein Festungsturm: Ausweise, Taschen, Fingerabdrücke. Sie fühlten sich wie Verdächtige, die in ein System eintauchten, das sie nicht verstanden. Das System beobachtete sie – und sie wussten, dass sie nie wieder in die Freiheit zurückkehren würden, die sie vorher gekannt hatten.

Der Sicherheitsbeamte, der sie empfing, war ein stummer Wächter des Vergessens. Er gab ihnen keine Erklärung, nur ein Klicken der Türen, das den Beginn eines neuen Kapitels in ihrer Reise durch die Stille ankündigte. Der Raum, in den sie geführt wurden, war fensterlos, die Wände so glatt, dass es schien, als würden sie sich selbst versiegeln, um nicht mehr zu entweichen. In der Mitte des Raumes stand ein Tisch, auf dem ein Karton lag, versiegelt mit rotem Band, als würde er den Tod selbst tragen.

„Das ist der Bestand Nummer 471-E", sagte die Archivarin mit einer Stimme, die keine Fragen erlaubte. „Nicht katalogisiert. Übertragung erfolgt auf Ihr Risiko."

Das Gewicht dieser Worte hing in der Luft. Sie spürten es. Es war der Klang eines Kapitels, das in die Vergangenheit zurückführte, in eine Ära, die sie längst zu verstehen versuchten.

„Sind wir sicher, dass wir das öffnen wollen?" fragte Lina, obwohl sie genau wusste, dass sie keine andere Wahl hatten.

Jana griff nach dem Karton. Ihre Finger zitterten. Sie spürte den Druck in ihrer Brust. Die Dunkelheit schien sie zu verschlingen, als sie den Deckel des Kartons anhebt.

„Wir haben keine Wahl", sagte Lena mit einer Stimme, die so ruhig war, dass es fast unheimlich war. Sie war diejenige, die wusste, dass der Moment nicht mehr rückgängig zu machen war.

Was sie fanden, war wie ein Fall in einen Abgrund. Obenauf lag ein Tonband, das alte, rostige Band, das an vergessene Erinnerungen erinnerte, die nie wieder ans Licht gelangen sollten. Darunter – Fotos, auf denen Gesichter abgebildet waren, die sie nie zuvor gesehen hatten, aber die einen vertrauten Ausdruck trugen. Akten, die die Namen trugen, die sie kannten, aber in einem Kontext, der völlig neu war.

Handschriftliche Briefe, die den vergilbten Rand des Wahnsinns trugen. Und ganz unten – eine Mappe mit der Aufschrift:
„Projekt Morgenkind – Status: unvollständig."
Die Luft im Raum schien sich zu verdichten. Die Wände näherten sich ihnen, als hätten sie den schützenden Raum verlassen und traten in einen Ort ein, der längst den Verfall an sich selbst zu akzeptieren schien.

„Das ist es", sagte Lena, ihre Stimme leise und doch fest. „Hier fängt alles an."
Sie blätterten durch die Dokumente, lasen, was geschrieben stand. Die Sprache war kalt, nüchtern. Sie schien aus einer anderen Welt zu stammen – einer Welt, in der Menschen keine Namen mehr hatten, sondern nur noch Subjekte waren. Die Daten waren klinisch. Die Berichte lang.

Aber je weiter sie lasen, desto klarer wurde das Bild. Ein Bild von einem System, das die Wahrheit zu einer Waffe gemacht hatte und sie dafür benutzte, Menschen zu vernichten.

„Projekt Morgenkind initiierte 1989. Ziel: Langzeitbeobachtung multipler genetischer Entitäten unter ungleich verteilten Umwelteinflüssen."

„Subjekte entstammen monozygotem Ursprung. Frühzeitige Trennung implementiert durch Kooperation mit Pflege- und Adoptionsnetzwerken."

„Subjekt 3 (Elise) ohne feste Zuordnung. Isoliert zur neutralen Beobachtung."

Der Text begann zu zerfallen. Die Worte schienen sich vor ihren Augen zu winden, als wären sie in einer fremden Sprache geschrieben, einer Sprache, die so weit von der Realität entfernt war, dass sie beinahe irreal wirkte.

„Das ist keine Forschung", sagte Lena und ließ das Blatt sinken. „Das ist eine Operation."

Es war, als ob die ganze Geschichte, die sie verfolgten, nichts anderes war als ein blutiger Plan, der zu einem düsteren Ergebnis führte.

Die Berichte wurden immer härter, unbarmherziger. Die Methoden waren verstörend. Ein Bericht trug den Titel: „Stille erzeugen". Darunter war eine Liste von Verfahren, die genauso kalt und mechanisch waren wie die Schrift, die sie lasen:

„Ziel: Verhinderung von Erinnerung. Vernichtung der Vergangenheit."

„Reduzierung der biografischen Relevanz."

Und dann, am Ende, der letzte Bericht. Ein Bericht, der alle anderen in den Schatten stellte. Ein Bericht ohne Namen, ohne Datum.

Nur eine einzige, unmissverständliche Absicht:

„Dies war nie ein Experiment. Es war ein Verbrechen."

Das alles hatte ein Ziel: das völlige Auslöschen. Der Verlust der Identität. Die Vernichtung dessen, was sie zu Menschen gemacht hatte.

Am Ende des Kartons lag ein Brief. Handgeschrieben, wie aus einer anderen Zeit. Ohne Adresse, ohne Datum. Und doch waren die Worte darin lauter als alles, was sie je gehört hatten.

„An die, die geblieben sind.
Wenn ihr das hier lest, habt ihr euch gefunden.
Ich war nicht mutig genug, euch zu retten.
Aber ich war mutig genug, euch nicht zu vergessen."

„Ihr seid der Beweis, dass Erinnerung stärker ist als System.
Ihr seid nicht gescheitert. Ihr seid der Fehler im Muster.

Und deshalb: das Muster selbst."

– R.F.

„Fenner", flüsterte Jana, „er wusste es. Und hat es aufbewahrt."

„Nicht für sich", sagte Lena leise. „Für uns."

Ihre Hände zitterten, als sie die Kamera zückten. Ihre Blicke trafen sich – es war eine stumme Übereinkunft, das alles festzuhalten. Die Wahrheit war zu groß, um sie in einem leisen Moment zu verlieren.

Ihre Kamera klickte immer wieder, während sie die Seiten des Kartons durchgingen. Jedes Foto ein Stück der Wahrheit.

„Wir haben es", sagte Ben, als sie den Raum verließen. Die Sonne war endlich durch den grauen Himmel gebrochen. Doch es fühlte sich nicht wie Erlösung an. Der Himmel war zu groß, zu leer. Die Freiheit war mehr eine Last als ein Geschenk.

Im Auto fragte Ben: „Und was jetzt?"

Jana sah aus dem Fenster, ihre Augen fest. Ihre Stimme war ruhig, aber unmissverständlich: „Jetzt archivieren wir nichts mehr. Jetzt sprechen wir."

„Laut", fügte Lina hinzu.

Lena lehnte sich zurück, ihre Augen glühten wie brennende Kohlen, als sie sagte:

„Und endgültig."

Sie traten auf die Bühne ohne Applaus. Kein enthusiastischer Beifall, keine jubelnden Rufe. Nur Stille. Eine Stille, die dicker war als alle Worte, die sie je ausgesprochen hatten. Es war, als hätte die Luft den Atem angehalten, bevor sie sich in eine neue Richtung bewegen konnte.

Als würden alle Augen auf ihnen ruhen, alle Erwartungen auf ihren Schultern lasten – doch sie selbst fühlten sich nicht wie Akteure auf einer Bühne. Sie fühlten sich wie Überlebende, die aus dem Dunkel herauskamen und das erste Mal wieder Licht spürten.

Die Stühle, auf denen sie Platz nahmen, waren schlicht – aus ungehobeltem Holz, der Lack abgewetzt, als wäre auch das Mobiliar Zeuge einer Zeit gewesen, die lange vergangen schien. Das Licht, das sie traf, war grell, als würde man versuchen, die tiefste Wahrheit mit einem künstlichen Scheinwerfer bloßzustellen.

Es blendete, stach ins Auge und versuchte, etwas Unvorstellbares zu entlarven. Aber auch das Licht konnte nicht die Dunkelheit verbergen, die sie in sich trugen, die sie lange mit sich herumgetragen hatten.

Die Mikrofone, die vor ihnen standen, gaben merkwürdige Geräusche von sich. Ein leises Knacken. Ein Zischen, als versuchten sie, die Worte, die sie sprachen, zu fressen. Und doch – sie mussten sie hören. Sie hatten keine Wahl. Der Klang ihrer Stimmen war der einzige Schlüssel zu der Realität, die sie in den letzten Jahren so verzweifelt versucht hatten zu begreifen.

Jana, Lina und Lena standen nebeneinander, aber nicht aufrecht und stolz, nicht wie bekannte Redner auf einem Podium. Sie standen in einer Linie, enger als jemals zuvor, die Köpfe leicht gesenkt, die Augen ein wenig unsicher. Zwischen ihnen lag keine Distanz. Kein schützender Raum. Es war, als wären sie gemeinsam in dieses Leben geworfen worden, gemeinsam in diese Geschichte, die sie nun mit der Welt teilten.

Das Publikum war ebenso gemischt wie die Geschichten, die hier erzählt wurden. Forschende, Studierende, Betroffene, Neugierige. Sie hatten alle eines gemeinsam: Sie suchten nach einer Wahrheit, die längst verloren war. Einige hatten gelesen, was sie durchgemacht hatten. Andere hatten ihre Geschichte verfolgt, doch waren unsicher, ob es wirklich ihre Geschichte war. Ein paar von ihnen schauten mit einem skeptischen Blick, als wollten sie herausfinden, ob all das, was sie hörten, wirklich geschehen war. Ob es keine Fiktion war. Ein Mythos. Ein Albtraum.

Der Veranstalter hatte die Veranstaltung „Erzählen gegen das Vergessen" genannt. Aber für sie war es mehr als nur das. Es war ein Akt der Wiederherstellung. Ein aktiver Widerstand gegen all das, was ihnen genommen worden war. Und doch, tief in ihren Herzen, wussten sie, dass sie nicht nur gegen das Vergessen kämpften. Sie kämpften für das, was sie selbst gefunden hatten: ihre Stimme. Ihre Wahrheit. Ihre Geschichte.

Jana begann zu sprechen.

„Ich bin kein Einzelfall. Ich bin das Resultat von etwas, das geplant war. Ich habe geglaubt, ich sei verrückt – dabei war ich nur nicht vollständig."

Die Worte kamen langsam, bedacht. Wie aus einem tiefen, alten Brunnen. Sie war nicht mehr die Frau, die verzweifelt in den Spiegel starrte und sich fragte, wer sie war. Nein, sie war mehr. Sie war diejenige, die alles verloren hatte und trotzdem hier stand, der Welt ihre Geschichte anbot – die Geschichte einer Frau, die erkannt hatte, dass ihre Erinnerungen nicht falsch waren. Sie waren nur nicht mehr ihre eigenen.

Jana erzählte von dem Moment, als alles zerbrach – als sie im Spiegel eine fremde Frau sah, als ihre Welt in Stücke fiel und alles, was sie zu wissen geglaubt hatte, sich in Luft auflöste. Von der anderen, die plötzlich vor ihr stand und sich „sie" nannte. Von der Tür, die sich vor ihr schloss, von der Erinnerung, die nicht mehr zu ihr gehörte. Sie erzählte von der Trauer, der Angst, der Verzweiflung und der Entfremdung. Aber auch von der Erkenntnis, dass sie nie verrückt gewesen war – sie war nur nicht mehr vollständig. Nicht mehr das, was sie einmal war.

Dann trat Lina vor.

„Ich habe nie gelogen. Ich habe nur das gelebt, was mir übrig blieb. Es gab keinen Plan B. Nur einen Schatten, den ich irgendwann selber wurde."

Linas Worte waren ein leiser, aber starker Aufschlag. Kein Versuch der Entschuldigung. Keine Rechtfertigung. Es war keine Anklage gegen das System, das sie geformt hatte. Es war einfach die Wahrheit, die sie seit Jahren mit sich trug. Eine Wahrheit, die niemand hören wollte, weil sie zu unbequem war. Sie hatte sich nicht verändert, um zu gefallen. Sie hatte überlebt – und dabei war sie zu einem Schatten ihrer selbst geworden.

Die Worte fielen, und es war, als würden sie das Gewirr an Gedanken in den Köpfen der Zuhörer entwirren. Diese Stimme hatte nichts zu beweisen. Sie war einfach da, ungeschönt und echt.

Lena, die als Letzte stand, blickte tief in die Menge. Ihre Augen, fast leer von den vielen Jahren der Stille, sprachen mehr als ihre Worte.

„Ich war das Dazwischen. Das Niemals. Die Lücke. Und ich bin noch hier."

Jede Silbe schien von einem Jahr der Unsichtbarkeit und der Selbstverleugnung zu kommen. Lena war nie diejenige gewesen, die um Aufmerksamkeit gekämpft hatte. Sie hatte sich in den Zwischenräumen versteckt, hatte zwischen den Zeilen gelebt, sich in den Ritzen der Gesellschaft bewegt. Aber sie war noch hier. Und das war alles, was zählte.

Nach ihrer Rede war es still. Kein Unbehagen, keine peinliche Pause. Es war eine Stille, die ehrfürchtig war. Die Zuhörer hielten den Atem an, als ob die Worte der drei Frauen etwas in sich trugen, das sie noch nicht fassen konnten. Es war eine Stille der Erkenntnis – sie hatten gerade etwas gehört, das sie nie wieder vergessen würden.

Dann, eine Stimme aus dem Publikum, die Frage, die alles verändern konnte:

„Was sollen wir mit dieser Geschichte tun?"

Jana antwortete mit einer Klarheit, die ihre eigene Wahrheit widerspiegelte:

„Hören. Nicht analysieren. Nicht erklären. Hören."

Es war kein Appell, kein Ratschlag, kein Befehl. Es war eine Forderung. Eine Forderung, die in der Luft lag wie ein unsichtbares Gewicht: „Hört zu, und erkennt, dass diese Geschichte nicht nur uns gehört, sondern allen, die unter einem System leiden, das sie zu anonymen Schatten gemacht hat."

Am Abend wurde der Mitschnitt online gestellt. Zuerst still. Dann – ein Ruck. Die Reaktionen waren wie ein Sturm, der nicht mehr aufzuhalten war. Innerhalb von 24 Stunden hatte der Clip über zwei Millionen Aufrufe. Die Zahl stieg. Und stieg.

Innerhalb einer Woche waren es über zehn Millionen. Sie wurden eingeladen, Talkshows zu besuchen, auf Panels zu sprechen, in wissenschaftliche Kommissionen gehört zu werden. Doch sie sagten oft ab. Weil sie wussten, dass nicht jede Bühne es wert war, betreten zu werden.

Manchmal sagten sie auch zu. Aber nur dann, wenn sie spürten, dass es nicht um Quote ging. Sondern um die Wahrheit. Um die Tiefe. Sie waren keine Sensation. Sie waren ein Echo der Stille, das sich von einem Raum in den nächsten verbreitete.

So gründeten sie eine Stiftung – eine Reaktion auf das, was sie durchgemacht hatten. Eine Antwort auf die Lücke, die die Welt für sie hinterlassen hatte.

Splitterlicht – Institut für biografische Integrität Ziel: Menschen zu unterstützen, deren Identität durch Systeme zerstört, manipuliert oder ausgelöscht wurde. Es war mehr als nur eine Stiftung. Es war ein Ort der Heilung, des Austauschs und des Widerstands. Sie boten Beratung, Archivierung und Workshops an. Sie bewahrten Geschichten.

Und sie gaben den Menschen, deren Stimmen nie gehört worden waren, endlich die Möglichkeit, zu sprechen.

Lena kümmerte sich um das „Archiv der Stimmen", wo jede Geschichte, jede Erinnerung, die nicht verloren gehen durfte, für die Zukunft bewahrt wurde.

Lina koordinierte Aufklärung an Schulen, damit die nächste Generation nicht das gleiche Schicksal erleiden musste.

Jana schrieb. Sie schrieb, was sie erlebt hatte. Sie schrieb, damit andere es nie wieder erleben mussten.

Eines Tages erhielten sie ein Paket. Es war nichts Ungewöhnliches, ein unscheinbares Päckchen, das durch den Postdienst gereicht wurde.

Darin: Eine Tonbandkassette. Keine Beschriftung. Nur ein Zettel. Darauf stand nur: „Ich war nicht mutig wie ihr. Aber ich habe euch geglaubt. Jetzt spreche ich."

Die Stimme, die auf dem Band zu hören war, war brüchig, gealtert. Doch sie war klar. Ein ehemaliger Mitarbeiter des „Projekts Morgenkind". Er sprach von der Trennung, der Angst der Verantwortlichen, von einem Protokoll, das nie veröffentlicht wurde – einem Protokoll, das bewies, dass Nähe zwischen geteilten Identitäten nicht Chaos schuf, sondern Heilung.

Sie veröffentlichten das Band. Nicht als Skandal. Sondern als Zeugnis. Ein Zeugnis der Wahrheit. Der Glaube an das, was nicht gesagt worden war, wurde zur Grundlage für das, was jetzt möglich war.

In einem Interview sagte Jana:
„Wir sind keine Heldinnen. Wir sind Protokollunterbrechungen. Aber wir haben gelernt, dass jede Stimme, die gehört wird, eine neue Realität erzeugt."
Lena ergänzte:

„Wir haben nicht nach Rache gesucht. Wir haben nach Bedeutung gesucht."

Und Lina sagte:
„Wir wollten keine Aufmerksamkeit. Wir wollten Lautstärke."

Und so nannten sie es den Lautsprechereffekt: Wenn eine Stimme zittert, aber durch Resonanz zu etwas wird, das niemand mehr überhören kann.

Ihre Worte hallten weiter.

Kapitel 29 – Rückkopplung

Die Einladung kam ohne Vorwarnung. Keine Betreffzeile. Keine Worte. Nur ein Bild. Ein unscharfes Foto eines verlassenen Klinikgebäudes, das sich in einem düsteren Grau verlor, als ob es selbst aus der Zeit gefallen war. Das Bild flimmerte auf ihrem Bildschirm, unscharf, zerbrochen, die Umrisse der alten Mauern verschwammen in der Dunkelheit, der Schatten der Vergangenheit. Darunter eine Koordinate.

Ein Datum. Zahlen, die wie ein stiller Befehl vor ihnen standen. Ein Hinweis, der sie an einen Ort lockte, den sie längst hätten vergessen sollen.

Lina starrte auf den Bildschirm, ihre Finger zitterten unmerklich, als sie versuchte, das Bild zu schärfen. „Das ist die alte Forschungsstation in Wittenhagen. Sie haben sie vor Jahren geschlossen", sagte sie, ihre Stimme klang eher nach einem ungläubigen Flüstern.

Ihre Augen verengten sich, als sie die Koordinaten überprüfte. „Aber… warum jetzt? Warum ausgerechnet jetzt?"

„Wer hat uns das geschickt?" Jana beugte sich vor, ihre Augen flogen von der Adresse zu Lina und dann zurück zum Bildschirm. Ihre Gedanken rasten, und obwohl sie versuchte, ruhig zu bleiben, konnte sie das mulmige Gefühl nicht abschütteln, dass sich der Boden unter ihren Füßen plötzlich verschob.

„Der Absender ist anonym", antwortete Lina, und ihr Blick war undurchdringlich. „Aber die Metadaten? Verschlüsselt. Die Ursprung-IP... kommt aus Berlin."

„Jemand will, dass ihr kommt", mischte sich Ben ein, und obwohl er versuchte, ruhig zu wirken, konnte keiner von ihnen die Kälte in seiner Stimme überhören. „Allein. Ohne Publikum."

Drei Tage später standen sie auf dem verlassenen Kiesplatz vor der alten Station. Der Bau war ein grauer Monolith, der die zerbröckelte Geschichte einer längst vergangenen Ära trug. Die Fenster waren vergittert, die Tür mit Ketten und Vorhängeschlössern versperrt, doch eine war offen – die rechte Seitentür.

Sie stand weit offen, als lade das Gebäude sie ein, ohne Worte. Kein Schloss. Kein Schlüssel. Kein Vorwand.

„Es ist zu einfach", murmelte Ben, als er auf die leere, von Moos überwucherte Tür sah. „Zu offensichtlich. Das ist keine Falle – das ist... zu perfekt."

„Oder eine Rückmeldung", sagte Lena mit einem grimmigen Blick und trat vor. „Vielleicht ist es ein letzter Test. Ein Versuch, uns zum Schweigen zu bringen oder uns in eine Falle zu locken. Aber wir müssen es wissen. Es endet hier."

Drinnen war es kalt, der Strom war längst abgeschaltet.

In den endlosen Fluren wehte der modrige Geruch alter Akten und Schimmel, der die Luft stickig machte. Jana zog die Taschenlampe hervor und der Lichtkegel schlich über die Ritzen in den Wänden, auf bröckelnde Papiertafeln und die Reste von einstigen Entwürfen und Plänen. Alles wirkte wie ein verfallenes Relikt, das nie zu Ende geschrieben wurde.

Und dann war da dieses Geräusch.

Ein Kratzen. Leise, aber präzise. Es drang in den Raum, als ob es von den Wänden selbst kam – ein Ruf, ein Mahnen.

„Da ist jemand", flüsterte Lina und schlich weiter. Ihre Schritte waren ruhig, doch jeder Muskel in ihrem Körper war angespannt, als ob sie die Stille durchbrach, um zu verstehen, was da war. Lena folgte dicht hinter ihr, ebenso angespannt. Auch Ben blieb dicht bei ihnen, sein Blick wie ein geschärftes Messer.

Und dann fanden sie ihn.

Fenner. Der Mann, den sie über Monate hinweg nur als Geistergestalt kannten. Der Mann, dessen Name immer wieder auftauchte, doch immer nur als flüchtiger Schatten. Doch hier saß er, klar und präsent, wie das Bild eines Albtraums, der endlich Wirklichkeit wurde.

Er saß in einem Stuhl, der so alt war, dass er die Spuren zahlloser Jahre trug. Die Polsterung zerfetzt, das Holz der Lehne abgenutzt, als hätte er darauf gewartet, dass jemand zurückkehrt, um ihn wieder zu benutzen. Fenner war schmal und blass, sein Gesicht von den Jahren gezeichnet. Die Augen jedoch, die

Augen waren wach, messerscharf, als ob sie schon lange über den Zeitpunkt des Gesprächs hinaus waren. Die Hände lagen ruhig auf seinem Schoß, die Fingerspitzen aneinander gepresst.

„Ihr seid gekommen", sagte er leise. Es war keine Begrüßung, keine Frage. Es war eine Feststellung.

„Fenner", sagte Jana, ihre Stimme war so ruhig, dass sie fast unheimlich klang. Es war der Moment, in dem der gesamte Raum stillstand. Fenner war real, und mit ihm kamen die Fragen, die nie beantwortet werden konnten.

„Ja", antwortete er knapp. „Ich habe auf euch gewartet."

„Seit wann?", fragte Lena, ihre Worte scharf wie ein Dolch.

„Seit dem Moment, in dem ihr aufgehört habt, leise zu sein", erwiderte Fenner. „Seitdem ihr die letzten Geheimnisse ans Licht gebracht habt."

Keiner von ihnen sagte etwas. Es war der Moment, der so viele Jahre in der Luft gehangen hatte, der Moment, in dem all die Fragen zu einem einzigen Knotenpunkt zusammenliefen. Sie setzten sich ihm gegenüber, in einem Raum, der an Vergessenheit grenzte. Kein Tisch, keine Barrieren, nur dieser Raum und der Mann, der sie in diesem Moment vor sich hatte. Es war keine Unterhaltung, es war eine Konfrontation.

„Warum?", fragte Lina schließlich, ihre Stimme war fest, aber in ihren Augen loderte eine tiefe Wut. „Warum all das? Warum haben wir?"

Fenner lehnte sich zurück, als müsse er seine Gedanken ordnen. „Weil ihr wart, was wir nicht begreifen konnten. Und was wir nicht verstehen, das analysieren wir. Oder wir vernichten es."

Er begann zu sprechen, und seine Worte fielen wie schwere Tropfen in das dichte Schweigen der alten Wände. Er erzählte von den Anfangsjahren der Forschung, von den staatlichen Fördergeldern, von den hohen Idealen, die in einer chaotischen Welt versanken. Die Vorstellung, die menschliche Identität zu fassen, zu kontrollieren, sie in einer reinen, unveränderlichen Form zu schaffen.

Es war das Traumgebilde einer Generation, das nie das werden konnte, was sie sich erhoffte.

„Ihr wart keine Kinder", sagte er. „Ihr wart Vektoren. Träger von Informationen, die wir nicht kontrollieren konnten. Wir dachten, wir könnten die Form der Menschlichkeit neu gestalten. Aber wir haben nie darüber nachgedacht, was das mit euch macht."

„Und als es nicht funktionierte?", fragte Lena. Ihre Stimme war jetzt scharf, als ob sie das letzte Stück der Wahrheit selbst erkämpfen wollte.

„Dann wurden sie fragmentiert", antwortete Fenner schlicht. „Denn wir hatten keine Wahl. Wir mussten alles auseinanderreißen, um zu verstehen, wie es funktioniert. Die Fragmente… das war der einzige Weg, den wir kannten."

„Warum hast du uns nicht gerettet?", fragte Jana, und ihre Stimme klang plötzlich brüchig. „Warum hast du uns im Stich gelassen?"

Fenner blickte sie mit einer Mischung aus Bedauern und scharfer Beobachtung an. „Weil ich dachte, es gäbe keine Rettung. Nur Beobachtung. Ich war der Zeuge eurer Reise.

Nichts weiter. Ihr seid das, was bleibt, wenn man alles auflöst."

Er griff nach einem Umschlag, der auf dem Tisch vor ihm lag, und reichte ihn Jana. „Hier. Das ist, was ihr braucht, um die gesamte Wahrheit zu begreifen."

Jana nahm den Umschlag, der so leicht war, dass es fast schmerzhaft war. In der Stille des Raumes, als sie später in der Hütte zu Hause saßen, öffneten sie ihn. Ein Tonbandprotokoll. Der erste Eintrag. Ihre Hände zitterten, als sie das Band in das Aufnahmegerät einlegten.

„Heute beginnt Phase Null. Drei Einheiten, ein Ursprung. Das Ziel ist nicht Kontrolle – es ist Bestimmung. Wer sind wir, wenn niemand uns trennt? Und was passiert, wenn wir es doch tun?"

„Meine größte Angst ist nicht, dass sie versagen", sagte die Stimme auf dem Band. „Sondern, dass sie sich erinnern."

Lena schloss das Notizbuch, das sie während des Gesprächs geführt hatte, und ihre Worte klangen wie ein bitterer Nachklang: „Er hatte recht. Wir haben uns erinnert. Und deshalb haben wir überlebt."

Die Presse würde niemals von diesem Treffen erfahren. Niemand würde je wissen, was in den tiefen Schatten der alten Forschungsstation geschehen war. Sie erzählten niemandem, dass sie ihm die Hand gereicht hatten, als sie gingen. Nicht aus Vergebung.

Nicht aus Mangel an Wut. Sondern weil manche Kapitel einfach mit einem Punkt enden müssen – und nicht mit einem Ausrufezeichen.

Am Abend, als der Wind lau und warm durch die Bäume strich und der Himmel in den letzten goldenen Farben des Tages erglühte, saßen sie zu dritt auf der Terrasse der Hütte. Die Dunkelheit kroch langsam heran, und die Stille zwischen ihnen war beinahe greifbar.

„War das das Ende?", fragte Jana, ihre Stimme leise, aber fest. Sie hatte das Gefühl, als würde sie in die Zukunft blicken, als könnte sie das Ende des Labyrinths endlich erkennen.

„Nein", sagte Lina, ohne zu zögern, „das war der Rücklauf. Die Rückkehr der Antwort auf alles, was wir je erfahren haben."

„Und was kommt jetzt?", fragte Lena, ihre Worte waren nicht mehr von Angst erfüllt, sondern von einer klaren, entschlossenen Neugier.

Jana sah in den weiten, dunklen Himmel, ihre Augen fixierten einen Punkt am Horizont, der nur sie allein zu sehen schien. Ihre Stimme war ruhig, aber in ihr brannte ein unaufhaltsames Feuer. „Jetzt verstärken wir. Jetzt senden wir zurück."

Kapitel 30 – Verstärkung

Die ersten Sonnenstrahlen breiteten sich über den Horizont und tauchten die Stadt in ein gleißendes Licht. Doch es war nicht das Licht eines neuen Morgens. Es war das Licht einer Veränderung, die nicht mehr aufzuhalten war. Ein Aufbruch. Ein Moment, der in die Geschichte eingehen würde, auch wenn niemand wusste, wie diese Geschichte enden würde.

Jana, Lina und Lena standen auf dem Dach des Archivs, mit Blick auf das alte System, das sich unter ihnen ausbreitete. Die Stadt, die Straßen, die Mauern – all das, was sie einmal kontrolliert und manipuliert hatten. Doch nun, hier, auf diesem Dach, war es keine Frage mehr von Macht oder Kontrolle.

Es war der Beginn von etwas viel Größerem. Etwas, das keiner der Beteiligten vollständig begreifen konnte, aber das alle spürten: Ein neues System hatte sich bereits gebildet, ohne dass sie es je geplant hatten.

„Das ist noch nicht das Ende", sagte Jana, ihre Stimme durchbrach die Stille der Morgenluft. „Es ist der Anfang von allem. Der Anfang von dem, was wir nicht mehr verhindern können."

Lina und Lena nickten im Einklang. Es war ein Moment des völligen Wissens. Sie waren auf dem Dach des Archivs, aber auch in der Metapher der eigenen Geschichte angekommen – am Punkt, an dem der letzte Schritt, der letzte Akt, alles ändern würde.

Jana griff nach dem Diktiergerät in ihrer Tasche. Es war das letzte Mal, dass sie es benutzte. Der letzte Beweis ihrer Existenz im System. Der letzte Schritt in einer Reise, die sie weit über die Dimensionen ihrer eigenen Vorstellungskraft hinausgeführt hatte.

„Wenn ihr das hört, habt ihr euch entschieden. Ihr habt zugehört", sagte Jana, ihre Worte hallten in der Luft. „Ihr habt das System gehört, das euch unterdrücken wollte. Ihr habt die Menschen gehört, die euch zur Stille verurteilen wollten. Aber jetzt, nach allem, was wir durchgemacht haben, seid ihr keine Zuschauer mehr.

Ihr seid nicht länger nur ein Teil dieses Spiels. Ihr seid jetzt der Funke, der die Flamme entfacht."

„Wir waren Fragment", sagte Lina. Ihre Stimme war fest, aber mit einer Wärme, die nur die kommenden Veränderungen widerspiegeln konnte. „Wir waren Fragment, aber keine Fehler."

„Wir wurden zu Teilchen der Hoffnung", fügte Lena hinzu, ihre Augen durchzogen von einer Melancholie, die von der Schönheit des Augenblicks überdeckt war. „Und jetzt, da wir zusammenstehen, sind wir der Sturm."

Jana hielt inne und starrte auf das Diktiergerät. Sie wusste, dass dies die letzte Aufzeichnung war, die die Welt hören würde. Denn nach diesem Moment gab es keine Rückkehr. Nur noch das Vorwärtsschreiten.

„Sie haben uns getrennt", fuhr sie fort. „Sie haben geglaubt, sie könnten uns zerbrechen. Sie wollten, dass wir uns nie finden, dass wir uns nie erinnern. Aber das war ihr Fehler."

Sie hob das Diktiergerät und warf es mit einer fließenden Bewegung über die Kante des Daches. Es flog in einem eleganten Bogen, als wäre die Zeit für einen Moment in Zeitlupe eingefroren.

Dann, ein lautes Zerschellen, als das Gerät den Boden erreichte und in tausend Stücke zerbrach.

Doch es war nicht das Ende.

Die Resonanz begann an diesem Punkt zu wachsen.

Es war das Zersplittern des Geräts, das gleichzeitig das Ende des Alten und den Anfang von etwas Neuem symbolisierte. Das System war zerbrochen. Aber was kam danach?

Unmittelbar nach dem Vorfall begannen Dinge zu passieren, die niemand erwartet hatte.

Die erste Nachricht erschien noch in derselben Nacht. Ohne Vorwarnung. Ohne Erklärung. Nur ein kurzes Video. Es begann mit schwarzem Bildschirm. Kein Gesicht, keine Musik. Nur ein paar Worte, die langsam und schwer auf dem Bildschirm erschienen.

„DAS SYSTEM HAT GETEILT.
DIE STIMMEN HABEN GEANTWORTET.
DIE FRAGMENTE SIND ZURÜCK."

Dann, ein Flackern, und es folgte ein weiterer Satz.

„DIE DRITTE SPRICHT NICHT ALLEIN. SIE SENDEN."

Es gab keine Signatur. Kein Gesicht. Kein Name. Nur die Worte. Aber das, was folgte, war eine Explosion von Resonanz. Es dauerte nicht lange, bis es in den sozialen Netzwerken die Runde machte. Ohne Rücksicht auf Zeit oder Raum verbreitete sich das Video wie ein Lauffeuer.

Tausende, Millionen von Menschen sahen zu, teilten, sprachen darüber. Aber niemand wusste, wer hinter der Botschaft steckte. Niemand wusste, wer die dritte Stimme war, die sie alle in den Bann zog. Doch irgendetwas in der Luft war anders. Etwas, das von niemandem kontrolliert wurde.

„Es ist passiert", sagte Lena, als sie auf den Bildschirm starrte, der vor ihr flimmerte. „Es wird kommen, Jana. Wir haben nur den Funken gesetzt, aber die Flamme brennt bereits."

„Ja", sagte Jana, ihre Stimme jetzt so ruhig wie das Licht der aufgehenden Sonne. „Aber es ist noch nicht vorbei. Es hat gerade erst begonnen. Die Welt hat sich verändert, aber der wahre Sturm steht noch bevor. Wir haben ihnen etwas gezeigt, aber was jetzt kommt, können wir nicht mehr aufhalten."

Lina sah sie an, ihre Augen brannten vor Entschlossenheit. „Wir werden nicht die einzigen sein.

Es gibt so viele, die das Gefühl haben, dass sie etwas verloren haben. Aber sie werden nicht länger allein sein. Sie werden sich erheben."

„Es gibt so viele Fragmente", fügte Lena hinzu. „Und jetzt sind sie alle miteinander verbunden. Wir haben das System zersplittert, aber jetzt wird es sich neu formieren. Es wird nie wieder dasselbe sein."

Jana nahm einen tiefen Atemzug und blickte in die Ferne, in die Dunkelheit der Nacht. „Das ist noch nicht das Ende. Es ist der Beginn von etwas viel Größerem. Der Beginn der Rückkopplung. Der Beginn der Resonanz, die die Welt auf den Kopf stellen wird."

Als die ersten Lichter der Stadt in der Ferne begannen zu flackern, wussten sie, dass das, was sie begonnen hatten, nicht mehr zu stoppen war. Die Stimmen, die sie losgelassen hatten, würden nicht mehr zum Schweigen gebracht werden. Die Welt war nicht mehr das, was sie gewesen war.

Das System, das sie geglaubt hatten zu beherrschen, hatte sich zerbrochen, und in den Trümmern wuchs etwas Neues.
Aber was genau das war, konnte noch niemand sagen.

Und dann, als sie nebeneinander im Dunkeln saßen, ihre Gedanken bei all dem, was vor ihnen lag, flüsterte Jana noch einmal: „Sie wollten, dass wir uns

nie finden. Aber wir sind hier. Und jetzt sind wir un-
aufhaltbar."

Sie schlossen die Augen. Ihr Atem war gleichmäßig, aber in ihren Herzen war die Erkenntnis, dass sie
auf etwas unvorstellbar Großes zugesteuert waren.
Etwas, das sie selbst noch nicht begreifen konnten.

Der Wind wehte durch die Bäume, und die Stadt
unter ihnen verschwand in der Dämmerung. Doch
der Ruf der Veränderung hallte bereits durch jede
Ecke, durch jede Straße.
Die Menschen würden sich erheben. Die Frag-
mentierung hatte erst begonnen.

Das System war tot. Aber was nun kommen
würde, war weit größer.

ENDE.

NACHWORT

Dieses Buch war mehr als eine Geschichte. Es war eine Reise – durch Abgründe, durch Zweifel, durch Schatten. Aber es war auch ein Weg zurück zu mir selbst.

Jonas und Karolina, meine wundervollen Kinder – eure Neugier, euer Lachen und eure bedingungslose Liebe haben mir jeden Tag gezeigt, wofür es sich lohnt, weiterzuschreiben. Ihr seid mein hellstes Licht.

Jörg, mein Fels in jeder Brandung – danke, dass du an mich glaubst, wenn ich es selbst vergesse. Deine Geduld, deine Stärke und dein ruhiger Glaube an mich haben dieses Buch überhaupt erst möglich gemacht.

Diese Geschichte gehört euch allen – denn ohne euch hätte ich sie nicht erzählen können.

Von Herzen,

Alexandra Blechschmied

Über mich

Ich bin Alexandra Blechschmied – eigentlich Lektorin aus Leidenschaft und Gründerin von Lektorat Büchersinne.

Tagtäglich begleite ich andere Autor*innen auf ihrem Weg zum fertigen Buch, tauche tief in Geschichten ein und helfe, das Beste aus jedem Manuskript herauszuholen.

Doch tief in mir schlummerte schon lange ein eigener Traum: einmal selbst ein Buch schreiben. Eine Geschichte, die mich nicht loslässt. Ich, die Andere ist genau das – mein Herzensprojekt, mein erstes eigenes Buch, und ich bin unendlich dankbar, dass ich es mit dir teilen darf.

Wenn du mehr über mich und meine Arbeit erfahren möchtest, schau gern auf meiner Website vorbei:

www.lektorat-büchersinne.de

Oder begleite mich auf Instagram unter @lektorat_buechersinne – ich freue mich auf den Austausch mit dir!

Danke, dass du mich auf diesem Weg begleitest!

LEKTORAT_BUECHERSINNE_